ハヤカワ
時代ミステリ文庫
〈JA1451〉

吉原美味草紙
懐かしのだご汁

出水千春

早川書房

8575

目次

第一章　あつあつのけんぴん……………7
第二章　正平のだご汁……………65
第三章　振袖小僧と母のだご汁……………167
第四章　母の味、小禽雑炊……………227

吉原美味草紙　懐かしのだご汁

登場人物

さくら（平山桜子）……………………料理人を目指す武家の娘
竜次……………………………………料理人
長兵衛…………………………………妓楼〈佐野槌屋〉の楼主
お勢以…………………………………長兵衛の妻
おるい…………………………………長兵衛の娘
喜左衛門………………………………長兵衛の弟
幸助……………………………………〈佐野槌屋〉の番頭
伝吉……………………………………〈佐野槌屋〉の若い者頭
綾野京四郎……………………………用心棒
正平……………………………………瓢亭の主
塚本左門………………………………隠密廻り同心
辰五郎…………………………………侠客の親分
千歳……………………………………振袖新造
袖浦……………………………………振袖新造
佐川……………………………………〈佐野槌屋〉の元花魁
小菊……………………………………〈佐野槌屋〉の元花魁
つるじ…………………………………佐川の禿
はつね…………………………………佐川の禿
力也……………………………………さくらのいとこ
武田伊織………………………………さくらの幼なじみ

第一章　あつあつのけんぴん

一

夜見世《よみせ》が始まる暮れ六ツ近くになった。吉原の妓楼佐野槌屋《さのつちや》の内はひときわざわめいている。盆を手にしたさくらこと平山桜子《ひらやまさくらこ》は、広い一階を抜けて見世の奥へと向かった。磨きあげられた廊下を伝って、使用人部屋や布団部屋の前を通り過ぎる。

目指す座敷は最奥にあった。庭に面した部屋の障子は開いていて、布団に横たわった楼主長兵衛《ちょうべえ》と女将のお勢以《せい》、お勢以付きの女中おりきの姿が見えた。

「おお、もう夕餉《ゆうげ》の刻限かね」

長兵衛は、落ちくぼんだ目を細めて、嬉しそうに頬を緩めた。

「お勢以、わたしのことはいいですから、休んできなさい」

「あい。おまえさま」

お勢以がすっと立ち上がって座敷を後にする。おりきもお勢以の後に従った。

長兵衛が肝ノ臓の病で倒れてから、こういう暮らしが四月《よつき》余りも続いていた。

「残暑もやっと和らいできましたね」

さくらはつとめて明るい声で座敷に足を踏み入れ、できるだけ静かに枕辺に座した。

「今日はことのほか調子が良くてね。夕餉を待ち遠しく思っていたよ」

起き上がろうとする長兵衛の身体を支えてゆっくりと起こした。

夕映えの空は刻々と色を変えていく。

「今日は秋晴れの空が広がって、鰯雲がほんとうにきれいだったねぇ」

長兵衛は妓楼の建物の間から見える空を感慨深げに見上げ、

「秋といえばかの名高い『晁卿衡《ちょうけいこう》を哭《こく》す』があったね」

か細い声ながらも、李白の有名な七言絶句をよどみなく吟じた。

「さすが旦那さん。わたしにはそんな難しい漢詩なんてさっぱりです」

大坂で道場を営んでいた父平山忠一郎には、しかるべき教養があったが、さくらは武術の稽古ばかりに熱中するお転婆娘だった。

「博学多才なお客さまのお相手もしなきゃならないからねえ。女郎屋の主とはいえそれなりの教養というものがないといけないんだよ」

長兵衛は少し得意げに鼻をうごめかせながら、言葉を続けた。

「わたしの実の親は寺子屋を営んでいたから、わたしも幼い頃から和漢の書物に親しんでいてね」

「若狭の国が生まれ故郷と聞きましたが」

「父は小浜藩ではそれなりのお役目についていたんだよ。けど、上役の不始末のとばっちりを受けてね。お役目を解かれ、江戸に出ての浪人暮らし。商家で丁稚奉公をしていたわたしは、先代に見込まれて十五歳で養子になって、佐野槌屋の前身である『さのや』を継いだんだ」

揚屋町とこの江戸町二丁目に小見世を持っていた長兵衛は、四年前、お勢以が持っていた小見世つちやと合わせて佐野槌屋を旗揚げした。最初はさして人気のない中見世だったが、京島原で太夫をしていたという触れ込みで、傾城《けいせい》の美女ともいうべき佐川《さがわ》を迎えて以来、大見世の玉屋、扇屋をしのぐ吉原随一の妓楼となった。

長兵衛のよりどころは、己の出自と教養と、佐野槌屋を隆盛に導いた商才だった。

「それなりに良い人生だったということだろうねえ」

長兵衛はひとつ咳払いをした。

さくらは盆に載せた粥をお椀によそった。今日は、ご飯、お粥、お鮨など、お米の料理ばかりが記された指南書『名飯部類』に載っていた『味噌粥』だった。

「鍋に味噌を塗って焼いてから出し汁を加えて作ってみました」

「香ばしい匂いがいいねえ。刻んだ葱の色も食欲が出るよ」

「いつものように肝の臓に良い蜆《しじみ》の出汁に生姜汁も加えています」

「さくらの真心が一番の薬だよ」

長兵衛は匙で少しずつ粥を口に運ぶ。くぼんだ目は、穏やかな色をたたえていた。

「夏を乗り越えられないと思っていたこのわたしが、こうして秋の夕空をながめていられるのも、さくらのおかげだよ。この調子ならそのうち床上げもできそうだ」

しだいに衰えていくさまは、いかに止めようとしてもできない。どれだけ真心をこめた料理を工夫しようとも無力だった。

（せめて、一日、一日、心が安らぐ料理を作るしかあらへん）

さくらは骨張った長兵衛の肩の辺りを見た。

九月は菊の季節である。廊下を隔てた庭にも鉢がいくつか置かれ、蕾がほとんどながら、黄色い気品のある花を咲かせている鉢もあった。

「さくらがこの見世の台所で働くようになってから、はや五カ月余りになるんだねえ。今ではすっかり身内同然。これからもよろしく頼むよ」

「ありがとうございます。それにつけても旦那さんが、度量の大きなお方で良かったです。本当なら、余計なおせっかいを焼くな、出過ぎた真似をするなと、とっくに見世を追い出されていたでしょう。佐川さんとおさよさんの大喧嘩のときも……」

さくらの心に、長兵衛との間に培われた縁が次々に蘇った。

奉公してすぐのことだった。佐川花魁付きの禿《かむろ》はつねが、遣手《やりて》のおさよにきつく叱られ、長兵衛の部屋で自死を図る騒動が起きた。

はつねをかばう佐川と、はつねを折檻《せっかん》しようとするおさよが、くんずほぐれつの取っ組み合いを始めたとき、風呂から汲んできた湯を二人に浴びせて喧嘩を終わらせた。

はつねはどんな罰を受けるのだろうか。見世一のお宝である佐川花魁に湯をかけたからには、暇を出されるのではないか……と思われたが……。

「旦那さんは、誰を咎めるでもなく、円満に収めてくださいましたよね」

「そりゃあ当たり前のことだよ。皆、見世にとってかけがえのない宝だからね」

「妓楼の主は、冷酷な人でなしばかりだと思っていましたので、旦那さんの差配は意外でした。実はあのときまで……」

さくらが首をすくめ、長兵衛が可笑しそうに聞き返す。

「えっ。実は……ってどういう意味だね」

「見かけは優しそうでも、内心は恐ろしい人かと思っていました……で、佐川さんが気鬱の病にかかったとき、やはりほんとうに情があるお方なのだと分かりました」

佐川が箕輪にある寮（別荘）に療養に赴く際、佐川の世話をしたいと申し出たさくらに、長兵衛は『わたしからも改めてお願いしますよ』とわざわざ頭を下げた。

「さくらのおせっかいのお陰で、佐川は元気を取り戻し、見世に戻ることができた。さくらにはどれだけ助けられたか知れないよ」

佐川が見世に戻るにあたって、お披露目をどうするか、と長兵衛が思案していたとき『浅草奥山で評判を取っている、生人形の見世物小屋に、佐川の人形を飾ってもらえば、評判になって、復帰に弾みがつくのでは』と進言したところ、長兵衛はさくらの思いつきにぽんと膝を打った。ちなみに生人形は、髪の毛や睫毛まで一本一本植えつけられ、生きている人と見紛うほど精緻に作られた、等身大の人形のことである。

「あのとき『さくらが男であれば、ゆくゆくは番頭に取り立て、一人娘のおるいの婿にしたい』と言ったっけね。その気持ちは変わっちゃいないよ」

「佐川さんそっくりな生人形の人気と相まって、お見世は大繁盛となりましたが……それから色々ありましたねえ」

佐川が、故あって姿を消したことで、さくらのいとこ力也《りきや》に、思わぬ災難が降りかかった。

「あのときはどうなることかと心配の余り、どっと病が重くなって、それ以来寝たきりになってしまったがね……ともかく事が丸くおさまってほんとうに安心したよ」

長兵衛は皺が深くなった顔で微笑んだ。

「ほんのしばらくだけお世話になるつもりでしたが、今ではここが自分の居場所のように思えます。お台所で精一杯頑張ります」

さくらの言葉に、長兵衛は満足げに微笑んだ。

心地良い夕風が吹き入ってくる。菊の花のしめやかな香りが漂ってきて、優しく鼻先を撫でた。

「千歳《ちとせ》の『突出《つきだ》し』が、来月の十月十八日に決まったよ。で、佐川の名を継がせる。後ろ盾は、あの白水屋の惣兵衛《そうべえ》さんが引き受けてくださるんだよ。ありがたいことだ」

突出しとは、最高位の花魁、呼出し昼三《ちゅうさん》にするためのお披露目のことだった。

「惣兵衛さんといえば、佐川さんがいなくなってからお見えにならなくなったので、うちの見世とはすっかりご縁が切れたかと思っていました」

白水屋は日本橋にある呉服商いの大店だった。木村惣兵衛は差配役頭で、京に住む、名ばかりの主に代わって、各地に散らばる店を含む全ての店の差配をしていた。

「十八日と決まったのはね、惣兵衛さんが佐川の道中姿を見初めて、うちに登楼されるようになった日なので、是非この日にと言われたからなんだよ」

「千歳ちゃんを佐川さんの生まれ変わりと思って、肩入れしてくださるのですね」

惣兵衛の、佐川に対する深い思いが感じられた。

「これから色々忙しくなるから、わたしも早く床上げしないとねえ」

長兵衛は華やかな花魁道中を思い浮かべているのか、満足そうに目を細めた。

ちりーん。

はずし忘れた風鈴の音が、見世の喧噪を割るように響いてきた。

「ところで……この粥を食べていてふと思い出したのだがね」

味噌粥のお椀を見詰めながら、長兵衛はしみじみした口調になった。

「わたしの先の女房はお滝といってね」

ここで小さく息を吐いた。

「辰巳芸者をしていたんだよ。辰巳芸者といえば気っ風が売り。お勢以と大違いで気の強い女だった。女房にした当座は仲睦まじかったものの、おるいが生まれてすぐ、男をつくって行方をくらませてしまったんだよ」

「そんなことがあったのですね」

　さくらは長兵衛の一人娘おるいの、利かん気そうな顔を思い浮かべた。

「おかげで、お勢以との縁ができたのだから、かえって幸いだったわけだがね」

　一つ咳をしてから、長兵衛はついでのようにつけ足した。

「お滝とのたった一つの思い出がねえ……『小禽《こと》雑炊』なんだよ。わたしが高い熱を出して何日も寝込んでいたときに、作ってくれたんだがね。ほんとに美味しくてねえ。ぺろりと平らげて、明くる日にはすっかり元気になったなんてことがあったんだよ」

「小禽雑炊というと、小鳥の団子が入った、味噌仕立ての雑炊ですね」

「顔なんてとっくに忘れたのにその味だけ、なぜか忘れられなくてね。今日、これを食べていて、ふっと舌に蘇ってきたんだよ」

　遠い景色を望むように目を瞬かせた。

「良いことを聞きました。さっそく明日作らせていただきます」

「ありがとう。こりゃあ、明日が楽しみになってきたよ」

　長兵衛はいかにも嬉しげに微笑みながら、粥を口に運んだ。

「そろそろ閉めましょうか」

　障子を閉めて行灯に灯を入れた。座っていることが辛くなったらしく、長兵衛は布団に横たわった。臥した途端に重病人らしく見えた。

通りに面した張見世《はりみせ》のほうから、三味線の音が響いてくる。見世先の格子の内に遊女がずらりと並んで、夜見世が始まる。長兵衛は二口ほど粥が残ったお椀を盆に置きながら、さくらに膝を向けた。

「一つ、頼んでおきたいことがあるのだがね」

「何でしょうか」

「わたしにとってお勢以は恋女房、おるいは大事な跡取り娘。どちらもかけがえのない宝物なんだよ。その二人の仲が、なさぬ仲のせいか、あのように……」

長兵衛は言葉を詰まらせた。

「お勢以とおるいの仲をなんとか取り持ってやってくれないか」

先妻の娘だった七歳のおるいは、お勢以になつくどころか反発してばかり。お勢以もおるいをもてあましていた。

「おるいちゃんはほんとうは良い子ですし、女将さんもお嬢さま育ちでおっとりした人です。きっかけさえあればきっと歩み寄れます。気長にいくしかないですが、精一杯、頑張ります」

背筋を伸ばしたさくらは、膝に手を載せて武家ふうのお辞儀をした。

長兵衛のくぼんだ目の中に、柔らかい光が見えた。

「そうそう、食べ残していましたね」

ゆっくり身体を起こし、残った汁まで呑み干すと、満ち足りた顔でもう一度横になった。

「旦那さま、夕餉はお済みですか」

裾を引くしゅるしゅるという音とともに、おさよの声がした。遣手と呼ばれる、遊女を取り仕切る役目の女である。お勢以も続いてやってきた。

盆を持って座敷を辞すさくらに、

「明日の小禽雑炊を楽しみにしているよ」

長兵衛は優しい眼差しで明るく微笑んだ。

その夜、長兵衛は眠りについたまま、明くる朝、目覚めることはなかった。ろうそくの火が消えるようにひっそりとこの世を去った。

脇でお勢以とおさよがうとうとしている間の出来事だった。

二

楼主長兵衛が亡くなってひと月経った。

暦は、冬へと近づき、楓の赤、銀杏の黄色、ぶなの茶色……さまざまに色を変える木々が目を楽しませるようになった。

芝居小屋や見世物小屋、水茶屋などが立ち並ぶ両国広小路を、今日も大勢の人たちが行き交っている。食べ物屋の屋台が並んだ一角では、天ぷら屋の周りに人垣ができて、大勢の客が順番待ちをしていた。

天ぷらを噛むと、さくさくっと軽やかな音がした。からっとした衣に包まれた鯵《あじ》の、食欲をそそる香りと濃厚な風味が、口の中にぷわ〜っと広がっていく。

「うわ〜、この味なんですよね」

あつあつの天ぷらをほうばるさくらに、

「どうでえ。『丸天』秘伝の味加減はよ」

屋台の向こうで天ぷらを揚げている福助《ふくすけ》が声をかけてきた。

「江戸に出てきた日に食べたときも、ものすごく美味しくてびっくりしましたけど、今日の天ぷらはそれよりもっとず〜っと美味しいです」

口の中が火傷しそうな天ぷらに、はふはふ言いながら満面の笑顔で答えた。

「この前は、まだ先代の味つけだったがよ。今じゃ、おれっちが仕込みからなにから全部やってるんでえ」

得意げに片眉を上げる、大柄な福助の隣では、丸々とした赤子を背負った女房のお清《きよ》が、明るい笑みを浮かべている。

「鰺の汁気が口の中にじゅわっと広がるのがたまりませんよね。野趣に富んでいるからこその味わいでしょうか。ねえ、伊織《いおり》さま」

傍らで静かに味わう、武田伊織に語りかけると、伊織は大きく、うなずいた。

「塩や天つゆがなくても美味しいように、ほどよく下味がつけてあるんですね」

「下味のつけ方を覚えて帰って、いつもお腹をすかせている見世の女の子たちに、食べてもらおうと思っているんです。今までこつこつためていたお給金の中から、どーんとふるまおうって」

伊織の耳元に顔を近づけ、打ち明け話のように声をひそめた。

「相変わらず桜子どのはおせっかいなんですね。人数が多いから、けっこうな価になると思いますけど、大丈夫なのですか」

真っ白い歯を見せて、愉快そうに笑う伊織に、

「わたしはお腹の中に『おせっかいの虫』を飼っているんですもの」

首をすくめながら、とびきりの笑みを返した。

「しかし、秘伝の味ですから、そう簡単に教えてはくれないでしょう」

「だからこそ、福助さんとの勝負なんです。じっくり味わって、下味になにがどのくらい使われているか、絶対に見破ってみせます」

「桜子どののおせっかいと負けん気は相変わらずですね」

伊織の柔らかく優しい笑顔が、目の前にあることが嬉しい。

「醬油、酒は分かるのですが……」

「それにほんの少しのおろし生姜が入っていそうですね」

伊織の言葉に、天ぷらの串を持ったまま、ぽんと手を叩き、危うく串を落としそうになった。

「なるほど、生姜ですか。伊織さまは、子供の頃から、料理の味がよく分かっておられましたよね」

感心しながら伊織の顔を見た。精悍な顔つきがまぶしい。

「でも、まだなにか加えられている気がするんです」

伊織は首をひねりながら顎に手をやった。

「何でしょうねえ。生姜じゃなくてなにか他の物が入っているのかも知れません」

さくらも、唇に人差し指を当てて小首をかしげる。

「ううん。何でしょうね」

美味しい天ぷらを食べながら、伊織と料理談義をする幸せに心が弾んだ。心地良い風がほてった顔をなでる。

「思い切って福助さん本人に聞いてみましょうか」

言いながらもう一度、傍らに目を向けると……伊織の姿は、まるでかき消すように見えなくなっていた。

(これは夢や。伊織さまは、五カ月も前に、遠い奥州へ旅立ってしまはったんやった)

そう思い出した途端に目が覚めた。

夜明け前の使用人部屋は、水底のように冷え冷えとしていたが、寒さはまったく感じなかった。長兵衛を亡くして以来、久しぶりに温かな夢を見た。気持ちを変えて頑張るようにという励ましの夢だったに違いない。

竜次《りゅうじ》さんに頼んで、今日にでも、福助さんの屋台に行ってみよう。夢の中の伊織も後押ししてくれていたと思えば、心強い気がした。

(それはそうと、昨日の味噌汁は出汁がよう出てへんかった。昆布は長いこと水に浸しとくほうがええもんなあ)

隣で寝ていたはずのおるいは、半間ほど離れた畳の上に転がって小さな寝息を立てている。おるいは、いつからか、さくらの寝床に潜り込んで眠るようになっていた。

（相変わらず寝相が悪うてかなわんわ。風邪引いてまう）

小さな身体を抱き上げて布団の上に運ぶと、起こさないようそっと夜着をかけた。白くきめ細かな頰を、つんとつついてみたが、ぐっすり眠り込んでいてまったく気づかない。ゆっくり立ち上がると、枕元に置いていたお仕着せの着物を着て前掛けをし、愛用の襷《たすき》を胸元にしまった。

女衆が目を覚まさないようそっと部屋を出て、広い中庭を巡る廻り廊下に立つと、暗い空を見上げた。明け七ツを知らせる拍子木の音が、もの悲しく響いてくる。

おるいとお勢以の仲を取り持つという、長兵衛に託された遺言めいた願い事は、忙しさに紛れてまったく進んでいなかった。

（先は長いさかいに、気長にいこう）

さくらは大きな伸びをした。

不夜城の吉原が眠りにつくことはない。大戸が下ろされた妓楼のそこここに灯りが灯って、人の営みが息づいている。客と遊女が寝入った後でも、不寝番が行灯や灯明の油を注いで回っていた。

だだっ広い畳敷を抜けて台所に向かった。誰もいない暗い板の間は、ぴりっとした冷気に満ちている。

襷を取り出して、ぴしっとかけた。水屋簞笥の引戸を開けて、竜次が日本橋で買い込んできた昆布の束を手に取った。ふぞろいだが、しっかりと厚みがあり、匂いをかぐと、見も知らぬはるか北の海辺が目に浮かんだ。丁寧に汚れを拭い、桶に水を張って宝物のように、そっと漬け込んだ。

旦那さんは良い人だったけど、けちん坊過ぎが玉に瑕だったなあ。お見世第一に生きた長兵衛の顔を思い浮かべると、ふっと口元が緩んだ。

節約のため、薄い味噌汁しか作れないから、出汁をちゃんと利かせたい。時間をかければきっと出汁が上手く取れる。見世の者たちのほころぶ口元が目に浮かんだ。

「さくらけえ。えらく早起きじゃねえか」

からからという下駄の音とともに、薄暗い土間から、番頭の幸助《こうすけ》の低い声が聞こえてきた。と思う間に、頰に傷がある、いかつい顔が目の前に迫っていた。

「料理を手伝わせてもらえるようになって、ずいぶんと頑張ってるじゃねえか」

幸助は、煙草で黄ばんだ大ぶりな歯を見せて笑った。一癖も二癖もある見世の男衆たちが一目置くだけあって、表情にも立ち居振る舞いにも凄みがある。

「竜次さんに許してもらうのに、半年近くかかりましたからね。それから五ヵ月。毎日が精進だと思っています」

料理番を務める竜次の意固地な顔を思い浮かべた。

「さくらは、自分の店を持つのが夢だって言ってたなあ。せいぜい頑張るこってえ。竜次はこんなところにゃ似合わねえ凄腕の料理人だ。よく仕込んでもらいな」

「はい、頑張ります。料理で人の心を癒やすことがわたしの夢ですから」

どこからか、一陣の冷たい風が吹き込んできて、胸を張るさくらの鬢《びん》のほつれ毛をなぶった。

（幸助さん、ちょっと疲れてはるみたいやな）

目の下の黒い隈に気づいたさくらは、竜次が昨夕、余った南瓜《かぼちゃ》で作った『南瓜の安倍川』を思い出した。

「一緒につまみませんか。女子供の食べるおやつですけど」

大戸棚の引戸を開けて梅模様の小鉢を取り出した。南瓜の安倍川は、南瓜を切ってから蒸して、きな粉をまぶしたおやつだった。

「初物の南瓜が出始めたってえわけか。季節の移り変わりは早えよな」

板の間の上がり口に腰をかけた幸助は、太短い指で安倍川をつまんで、げんこつがすっぽり入りそうな口の中に、ぽいっと放り込んだ。

さくらも一つ口に入れる。ゆっくりと嚙めば、優しい甘さが、ほわほわんと口の中に広がった。

「きな粉の甘さが、南瓜の味と合わさって、けっこういけるじゃねえか」

「ほくほくした嚙み応えがあって、ほっこりするでしょ」

「俺ゃあ、甘いもんは苦手なんだが、たまにゃいいもんだな。このところどうも疲れが取れねえもんで、甘味がよっく効くぜ」

床に置かれた燭台のろうそくの火が、頼りなげに揺れている。指についたきな粉を舌で舐めとった幸助は、天井のすすけた梁に目を向けた。

「佐野槌屋の行く末が思いやられらあな。吉原一の売れっ妓だった佐川花魁はもういねえ。この見世にゃ、道中ができる花魁がいなくなっちまった」

「道中ができるのは、大見世でも売れっ子の花魁だけで、中見世ながら道中ができた佐川さんは特別でしたからね」

佐川が仲之町を練り歩いた、花魁道中の華やかなさまが脳裏に蘇った。

「そこへきて、大黒柱の親父さんが三途の川を渡っちまっただろ。冬はまだだってえのに、めっぽうお寒いこってえ」と幸助は肩をすくめた。

「でも、喜左衛門《きさえもん》さんが来られたことですし、大丈夫ですよ」

親戚一同の肝いりで、女将お勢以の後見人として、長兵衛の弟喜左衛門が迎えられたのは、つい十日ほど前、九月半ばのことだった。

「喜左衛門が営んでたのは品川の飯盛旅籠《めしもりはたご》でえ。飯盛女は、女中ってえ体裁だが、ほんとは女郎を指すってえのは、さくらだって知ってるだろ」

「え、ええ、岡場所と同じというくらいは知ってますけど」

「俺ゃあ、どうにもあいつが気に入らねえんだ。俺もここに落ち着くまでは色々、悪さをやらかしてきたからよ。なおさら、あいつの胡散臭さが分かるんでえ」

幸助は眉間にぎゅっと縦皺を寄せた。子供が見たら泣き出しそうな悪党面が際立った。

「きっと考え過ぎですよ。親戚の人たちだって、信頼しているからこそ、後見人にって決めたんでしょ」

「ま、俺の思い過ごしならいいんだがよ」

「もうすぐ千歳ちゃんが佐川さんの名前を継ぐことだし、きっと繁盛するようになりますよ。わたしも自分の持ち場で、この佐野槌屋を精一杯盛り立てていくつもりです」

「おう、おう。言うことはいっちょ前だな」

幸助はからかうように片目をつぶった。途端に愛嬌のある顔に一変した。

「ところで、さくらは『振袖小僧』の噂を知ってるけえ。今夜みてえな夜は、どこぞのお屋敷で荒稼ぎってか。俺も若《わ》けえ頃は、侠客《きょうかく》の端くれでよ。博打に喧嘩、強請に……そりゃあ、言えねえようなことまで色々しでかしたもんだが、立派な武家屋敷に忍び込むなんてえ度胸はなかったなあ」

「えっ、何ですか？　その振袖小僧っていうのは」

「狙う相手は裕福な武家屋敷ばかり。おまけに義賊とくらあ。なかなか面白れえ話だろ」

それだけ言い残すと、せかせかした足取りで裏口に向かった。からから鳴る下駄の音が遠ざかっていくと、辺りが急に静かになった。

（振袖を着てる盗賊なんやろか。振袖は男なら十七、女なら十九くらいまでの子が着るもんやけど、そないな子供ちゅうことはあらへんやろしなあ）

ほっそりした美男の若衆を思い浮かべた。

（美男ちゅうたら……）

煙出しのための天窓を開いて、まだ暗い空を見上げた。

遠い陸奥仙台の空の下、伊織は夜鍋で、生人形の工夫をしているに違いない。お互い進むべき道を歩むため、晴れやかな笑顔で別れたあの日が目の前に蘇った。

（わたしは、背が高うて、人に顔を覚えられやすい妙な顔立ちやさかい、生まれてからずっと自分に自信がなかったんやけど……）

密かに心を寄せていた伊織から、長年の思いを告げられ、女として自信が持てたのは五カ月前だった。

伊織の言葉の一言一言を思い出すたびに口元に笑みが湧いてくる。

「これでよし。ちゃんとよく出汁を出してね。わたしはもうちょっと寝てくるから」

水に浸した昆布に声をかけながら立ち上がると、だだっ広い一階を横切って、見世の奥に向かった。

大きないびきが漏れる、男衆の部屋の前を通り越して、中庭の見える所まで戻った。

妓楼の軒で切り取られた空には、星がきらきらとまたたいている。

（あの星を伊織さまも見てはるんやろか）

ほんわりした心持ちで、のんびり夜空を見上げていたときだった。

男女の声がかすかに聞こえてきた。

さくらは五感に自信がある。お勢以と喜左衛門の声だとすぐに気づいた。

一階最奥がお勢以の居間で、喜左衛門は、控えの間を隔てて、手前の六畳の座敷で寝起きしていた。

大福のように白くふっくらしたお勢以の顔と、喜左衛門の頬が痩《こ》けた、かまきりのような顔を交互に思い浮かべた。

（喜左衛門さんが夜這いをしかけたんとちゃうやろか。女将さんを助けなあかん）

　さくらの中に棲まうおせっかいの虫が騒ぎ始めた。

　武芸の心得があるさくらは、気配を消しながら近づいていく。障子越しに、ほのかな灯りが漏れ、行灯の光で影がゆらゆらゆらめく。息を詰めて自慢の耳を澄ませた。

「俺ゃあな、親戚連中に『お勢以だけでは心許ない。なにとぞ』と頼み込まれて、仕方なく後見人を引き受けたんでぇ」

「ええ、そりゃあ、ありがたいって思ってるよ」

「二十歳のとき、品川に『きの字や』を構えたときにゃ、そりゃあもう貧相な構えだったぜ。けどよ、商いひと筋で精魂傾けたお陰で、抱えの飯盛女の数だって品川一になったんだ。旅籠を畳んでくるにあたっちゃ、清水の舞台から飛び降りる覚悟だったんでえ。使いなれた喜助ってえ名も喜左衛門と改めて、この見世と心中するつもりで来たんだぜえ」

　破落戸《ごろつき》のようにねっとりとした口調で畳みかける。

「俺ゃあ、兄貴たあ違わあ。学問にかぶれるような柔《やわ》な男じゃねえんだ。女郎屋の主のくせに、いっぱしの文人墨客を気取るなんざ、とんだあほうさ」

長兵衛への悪口を聞いて、さくらの頭にかっと血が上った。さくらでさえむかっ腹が立つのだから、恋女房だったお勢以は烈火のごとく怒り狂うかと思えたが……。

「あのひとの才覚でここまで盛んになったんじゃないか」

おっとりした言いぶりは変わらなかった。

「俺ゃあ、親父が隠居した後に、根津の岡場所の女に産ませた子だからよ。生まれた初っ端から雑草扱いでえ。それに引き替え、兄貴は、養子なのによ、武家の出ってえだけで大事にされやがった。兄貴は何事にも甘かったんだ。苦労の数じゃあ……ま、そんな話はいいや。な、お勢以、今夜はお楽しみといこうぜ」

火影に二人の姿がゆらゆら揺らぐ。

「いいじゃねえか。俺は『弟』なんだぜ。兄貴だって怒るまいよ」

「そ、そんな……よしとくれ。でなきゃ……」

「人を呼ぶってかい。部屋に入れたのはおめえのほうじゃねえか」

「急ぎでおまけに内密な話があるから、と言ったものだから……」

「死んだ者に操を立てたってしょうがねえだろがよ。兄貴が寝付いてこのかた、ずっと無沙汰で、なんのかんの言ったって、身体はうずいて仕方ねえんだろ、ええ？」

喜左衛門の口がさらに卑猥な言葉を吐き出す。三十を過ぎてまだ男を知らないさくらは、思わず耳をふさぎたくなった。

(もうちょっと様子をみたほうがええんやろか)

止めに入って、余計なおせっかいになれば、お勢以に大恥をかかせてしまう。

「言うことを聞けってんだよ」

激しくあらがう気配に重なって、頬を叩くぱんという音と、お勢以のひっと言う悲鳴が聞こえた。二人の影がもつれる。もう我慢ならない、いよいよさくらの出番だった。

「さくらです。女将さん、お呼びになりましたか」

さくらは障子をがらりと開けた。お勢以の襦袢《じゅばん》の胸元が乱れ、喜左衛門の小袖はだらしなくはだけていた。

「女将さん、大丈夫ですか」

頬を押さえたお勢以は、こくこくとうなずくだけで、声も出ない。

「飯炊き女の出る幕じゃねえやい。生意気な女は、俺っちが性根を叩き直してやらあ」

喜左衛門の平手が飛んできた。

品川でも女たちを容赦なく殴っていたに違いない。

体捌《たいさば》きですいっとかわした。

いる。

「このあま。容赦しねえ」

今度は拳が飛んできた。喧嘩慣れしているらしく、拳に身体の重みがしっかり乗って
だがさくらの敵ではなかった。落ち着いて見極めれば、動きなど簡単に読める。

かわしながら、手首をつかんでぐいっとねじりあげた。

「い、いててて。わ、分かった、分かったから放してくんな」

喜左衛門の悲鳴に、さくらは手を放した。

「女のくせに、怖え、怖え。そりゃあ、行かず後家にもならあ」

喜左衛門は捨て台詞を残し、這々《ほうほう》の体で逃げ去った。

「こ、このことは内緒にしておくれ。妙な噂になっちゃかなわないからねえ」

お勢以は、声を震わせた。

「もちろんです。でも……またこんなことがあるかも知れません。誰かと一緒に寝たほうがいいですよ」

「じゃ、じゃあ、おりきに頼むよ」

恐怖がさめやらぬお勢以の声は、まだ掠れ、震えていた。

さくらが、廊下伝いに奉公人部屋に戻ろうとすると、廊下を歩いてくるかすかな足音

が響いてきた。

「さくら、どこに行ってたんでえ」

おるいが眠そうに目をこすりながら、伝法《でんぽう》な口調で尋ねてきた。

「仕込みで台所へ行った後、目が冴えたので中庭をながめてたの」

「ふうん。そうけえ」

おるいは納得したように小さくうなずいた。

「ところで、おるいちゃんはどうしてここに来たの」

「厠《かわや》へ行ってただけでえ。厠くれえ行かあな。文句でもあるのかよ」

厠から部屋へは逆方向である。夜中に目が覚めたおるいは、お勢以の部屋の様子をうかがいに行くつもりだったのだ。妓楼生まれで早熟なおるいは、義母お勢以と喜左衛門の仲が気になって仕方がないに違いない。

騒動に巻き込まれなくて良かったと、おるいの小さな頭に手をやりかけたときだった。

「ほんとはよ、さくらがいねえから、心配になって探し回ってたんでえ」

そっぽを向きながらおるいが言った。嫌らしく気を回した自分が恥ずかしくなって、

「寝相が悪いもんだから、こんなに、ぐしゃぐしゃになっちゃって」

櫛をはずして、おるいのつややかな黒髪の乱れを丁寧にとき始めた。

「おれっちはよ」

おるいがくるりと振り向いてさくらの顔を見上げた。瞳がきらきら輝いている。

「狆《ちん》を飼いてえって思うんだ。小菊《こぎく》が飼ってた狆の福丸、可愛かったからよ、今度飼う狆も福丸ってえ名をつけて、大事に飼ってやろうって思うんでえ」

「福丸といえば、わたし、おるいちゃんにずいぶん悪いことしちゃったんだよね」

小菊花魁の間夫《まぶ》が、福丸を二階から投げ落として死なせ、おるいが疑われる騒ぎがあった。へそを曲げたおるいが自分がやったんだと嘘を口走り、真に受けたさくらは、きつく叱りつけてしまった。

「今、思い出しても、早とちりしたことが恥ずかしいよ。ほんとにごめんね」

「おれっちも、どうせ信じてくれねえって、勝手にひねくれてたからな。なんとも思っちゃいねえや」

「ふふっ。素直にこんな言葉が出てくるようになっただけ、大人になったんだね」

「なに言ってやがる」

おるいは身体を、ふるふる揺らしながら照れた。利発さをたたえた黒い瞳がこちらを見上げている。

「夜が明けるにはまだ間があるし、部屋に戻ってもう少し一緒に寝ましょう」

おるいの小さな肩に手をやると、

「うん」

おるいはこくりと頷き、眠そうに目をこすった。

三

さくらは、一番鶏の声を聞く前に台所に立って、大鍋で湯を沸かし始めた。

昆布からぷつぷつとあぶくが生まれる。煮え立つ前に鍋から昆布を取り出さなければならない。沸き具合に気を配りながら、雑用をこなしていると、

「さくら、なんや、顔がはれぼったいで」

夜明けとともに台所に顔を見せた竜次が、ぎょろりとした大きな目で、顔をのぞき込んできた。派手派手しい顔が目の前にある。気恥ずかしくなって慌てて目をそらした。

今朝も、一部の隙もないほど髷が結い上げられ、顔も湯上がりのようにつるつるしていた。黙っていれば江戸っ子の粋が着物を着たような男前だが、口から出る言葉は、下品で粗野で興醒めだった。

「よく眠れなかったもので」

「ほう、そうかいな」

竜次はあっさり受けると、襷をし、てきぱきした動作で、着古されて染みだらけの軽衫《かるさん》を穿き始めた。

「しゃっきりしさらさんかい、あほんだら。眠たいからて、料理に身ぃ入れんかったら承知せえへんで」

大坂南部、岸和田藩出の竜次の大坂弁がぽんぽんと繰り出されるいつもの朝だった。

鍋の沸き具合に気をつけながら、ひと晩、漬けておいた三河島菜を刻み始めた。

百人近くいる、奉公人や見習いの遊女たちのための漬け菜なので、刻んでも刻んでもなかなか終わらない。どんどん手を動かした。滋養がありそうな青臭い匂いが周りに立ちこめていく。

手を休め、腰をのばして、年寄りのように腰の辺りをとんとんと叩きながら、人影がまだまばらな広間を見渡したとき、小菊花魁がお客とともに大階段を下りてきた。

「主さまがお帰りなんし」

振袖新造の千歳と袖浦《そでうら》の声が響いた。振袖新造とは遊女見習いのことで、佐川の妹女郎だった二人は、禿二人とともに、小菊花魁付きになっている。

千歳は目も覚めるような美貌と才気煥発さを兼ね備えており、袖浦は地味な娘だった。気性も男勝りとおっとり。正反対だが、双子のように仲が良かった。

二人はまもなく遊女として独り立ちする。千歳の突出しは今月十八日、袖浦の、『座敷持ち』になるためのお披露目である『袖留』も間もなくだろう。

突出しには『道中の突出し』と、『見世張の突出し』――袖留があり、突出しといえば、普通は道中によるお披露目をさした。

千歳と目が合った。さくらが小さく手を振ると、千歳は無邪気な愛くるしい笑みで大きく振り返してきた。

「小菊より、後ろについてる千歳のほうが光っとるがな」

いつの間にか隣に立っていた竜次が、小声というより大きな声で話しかけてきた。

「竜次さん、小菊さんに聞こえますよ」

「ほんまのこっちゃがな。千歳は佐川より売れっ妓になるで。吉原の女郎として生きんならんのやったら、てっぺん取らなな。千歳も張り切って、その日を指折り数えとるがな。どないな呼出し昼三になるか、楽しみなこっちゃ」

牡丹の蕾を思わせる千歳を見ながら目を細めた。

竜次は佐川にほの字だっただけに、佐川の妹女郎たちを可愛がっていた。なかでも、出来の良い千歳のこれからを大いに楽しみにしている。

小菊は、大身の武家といった身なりの客を送り出した後、眠そうな顔で、

「今朝はずいぶんと冷えるじゃないか。さあさあ、ちょいとひと寝入りするかね」

しどけなく乱れた寝巻姿の胸元をかき寄せながら、大階段をゆっくりと上っていった。

千歳と袖浦、禿二人も続く。

大階段を半ばまで上ったところで、小菊が振り向いた。

「さくら、酒を運んできておくれ」

返事も聞かずに階段を上って、二階の奥へと消えていく。

お客が帰った後、小菊は酒を呑み、部屋を持たない下級の女郎や妹女郎たちに、昨晩、お客が取り寄せたご馳走の食べ残しをふるまう、それが毎日、繰り返されていた。

「昨日の朝も、お客さんが食べ残した鯛の刺身を焼いて、七味唐辛子を振りかけて食べてましたね。わたしもお相伴させてもらいました」

ほんの一切れだけ口にした鯛の、得もいわれぬ、淡泊で優美な美味しさが舌に蘇った。

「火鉢に載せた金網で丁寧に炙ってあるから、焼き目の香ばしさと刺身のほろほろ具合が絶品でしたね」

「ほんのちょっとの量やさかい、だいじ〜に、じっく〜り味わうことになるわな」

「醬油や酢じゃなくて、七味唐辛子をほんの少しという味つけも、鯛らしい、嫌味のない風味を際立たせていて美味しかったです」

鯛のほのかな薄桃色を思い出すだけで、口の中に思わず生唾がわいてきた。

「台所で作る食べ物だけやと、全然、足らんさかいな」

竜次が急に真面目な口調になってつぶやいた。

「もっと滋養のある料理を作って、皆にお腹いっぱい食べさせられたらいいんですが」

朝早いので、番頭の幸助だけが、大階段の真正面にある帳場で、しきりにそろばんをはじいている。

「あほんだら。ちゃんと仕事しさらさんかい。昆布をぐつぐついわしたらあかんがな」

竜次の声にはっと我に返ったさくらは、湯玉が沸き立つ鍋から、慌てて昆布を取り出した。良い色に染まっている出汁汁に鰹節をぱらぱらと入れると、鰹節がぷわっと花を咲かせながら、湯の中でゆらゆら泳ぎ始めて、辺りに香ばしい香りが広がった。

小菊の部屋に燗をした酒を運んだ後、大まな板の前に戻って、三河島菜の漬け物の残りを刻み始めた。みずみずしい青菜の緑が目にも鮮やかである。

「三河島菜でご飯を巻いたり、炒め物やら鍋に使っても美味いで。古なったら、煮物にしたり、味噌樽に漬け直すこともできるしな」

「だから八百政さんに頼んで、どっさり持って来てもらったんですね。おかげで、切るだけでも時間がかかってたいへんなんですからね」

「どれどれ、ええ塩梅に漬かってるかいな。なんせ、さくらが漬けたんやさかいな」

竜次はからかうようなおどけた仕草で、切れ端をつまんで味見した。

「熱湯で湯通ししてから漬けたので、茎も葉も柔らかく漬かっているでしょ」

さくらも少し口に放り込んだ。

「三河島菜は辛みがなくて、独特の風味がありますよね」

「しゃっきりした歯ごたえが残ってるとこがええわな。ま、漬ける腕っちゅうより、元の素材の持ち味で勝負ちゅうわけやけどな」

「もうっ、竜次さんたら」

さくらは頬をぷっと膨らませてみせた。

あっという間に時間が経って、まもなく夜見世が始まる刻限になった。見世張をする花魁たちが、格子の内にずらりと並んで客を呼ぶ。二階にいる遊女たちは身支度に忙しく、一階では若い者たちが行き来してざわざわしていた。台所は一段落したので――

「焼き具合、これでどうでしょう。生焼けじゃないと思いますが」

さくらは、竜次に教わりながら『けんぴん』を焼いていた。うどん粉に、胡桃と黒胡麻を混ぜ、醤油で味つけして焼いたおやつだった。

「弱火でしっかりと焼くって、案外、難しいですね」

香ばしい匂いが辺りに立ちこめ、匂いに誘われたおるいがさくらの周りをうろちょろする。

「あほんだら。まだ、火加減があかんがな。端っこがちょっと焦げとる。もっと数をこなして慣れんとあかん。ほんまにおんどれは不器用やのぉ」

竜次が大坂弁の巻き舌でどやす。

「横でうるさく言われるから、余計にしくじってしまうんですよ。もうちょっと声を小さくしてください。わたしは、人より耳が良いんですから」

「地声が大きいんじゃ。辛抱したらんかい」

かかかと笑ったかと思うと、からかうような顔つきで、

「あの名高い『瓢亭《ふくべてい》』かて、もうちょっとましなもん出しよるでえ」と煽ってきた。

「えっ、瓢亭って、不味いのにつぶれない居酒屋で有名って、この前、教えてくれた店でしょ。それはあんまりですよ」

大げさに頬をふくらませるさくらに、

「瓢亭の飯は牢屋敷で囚人に食わせる、もっそう飯より不味いって聞かあ」

おるいも一人前に口をはさんだ。

ようやく上手く焼けるようになった。焦げ目が見た目にも美味しそうで、胡麻の香りが香ばしく鼻をくすぐる。次々焼いて、広げた簀の子《すこ》の上に載せた。

焼き上がったけんぴんを三角に切り分ける役目は、おるいだった。たどたどしい手付きで切るさまがおかしい。

「さくらはとろいんだよ。もっと早えとこ焼かねえか」

「はい、はい、お嬢さま。包丁を振り回すのは止めてくださいね」

「危なっかしいし、不揃いもええとこや。ほんまにありがた迷惑やで」

竜次がかかかと笑う。おるいがまだ熱いけんぴんを一切れ、小さな口に放り込んだ。

「不味いじゃねえかよ。もうちっと醤油を効かせな」

いっぱしの口を叩きながら、おるいは、次から次へとほおばり始めた。

「おい、おるい、そんなに食うたら腹壊すで」

「うるせえな。大丈夫だってば」

「まだ熱いで。気ぃつけや」

竜次とおるいのやりとりを聞きながら、丁寧に一枚、一枚焼くと、おるいが片っ端からお腹の中に納めていく。

「う〜。苦しい。けど手が止まらねえや」

おるいはお腹の辺りを撫でながら、幸せそうに目を輝かせた。

ふと気づくと、大階段の上がり口の前に、喜左衛門のひょろ長い姿があった。

さくらと目が合うと、すっとその場を立ち去った。草履を履き、大暖簾をくぐって通りに出ていく。口元に浮かんだひきつったような笑みが心の底に残った。

「わいらも食おけ」

「そうしましょう。おなかがすきましたね」

竜次とさくらも、あつあつのけんぴんを食べ始めた。ほんのりとした甘さが口一杯にほわっと広がった。おるいがまたもほうばる。三人はまるで家族のようだった。

「かじったときに、はふっとくる、香ばしい胡麻の香りが食欲をそそりますね」

「胡桃のつぶつぶした歯触りがたまらんやろが」

手が止まらなくなり、たちまちけんぴんが尽きた。

「おやつもいいけどよ。一度でも、おっかあの手料理を食いたかったな。おっかあは、おれっちを生んですぐ死んじまったんだけど、おとうが言うにゃ、優しくってものすごくきれいだったってよ。女将なのに、ちゃあんと自分で料理をしてたんでえ」

おるいがぼそりとつぶやいた。

おるいは実母お滝の本当の姿を聞かされていないらしかった。

「いつだったか、おとうが『もう一度、小禽雑炊を食べたいもんだ』って言ってたっけ。どんな料理だか分からねえけど、おれっちも食ってみたかったなあ」

(そうだ、これは旦那さんへの供養になる)

おるいの言葉に、さくらは心の中で腕まくりした。

「じゃあ、明日、わたしが作って食べさせてあげる」と即答したが……。

「おっかあが作った小禽雑炊でなきゃだめだ」

おるいはぷいっとそっぽを向いてしまった。

(旦那さんに作ってあげられなかったから、せめておるいちゃんに食べてもらおうって思たんやけどなあ)

残念に思いながら後片付けをし始めたときだった。

裏口から、下駄の音もにぎやかに駆け込んでくる人影があった。

薄暗い台所に、そこだけぱっと明かりが灯った心地がした。すらりとした姿は、清い色香を放つ白百合の花を思わせたが、女人ではなく袴を穿いた少年だった。

「力也の穀潰しか。見世の仕事もしねえで、毎日、道場通いたぁ良いご身分でえ」

すばやく、さくらの後ろに回ったおるいが、顔だけのぞかせながら悪態をついた。

さくらのいとこで、剣に才のある力也は、神田於玉ヶ池にある玄武館道場まで毎日通って、吉原一帯の用心棒を目指していた。

「力也、遅いやないけ。もうすぐ夜見世が始まりよるで」

竜次の言葉も意に介さず、稽古道具を床の上にどさりと置くと、

「なあ、さくら、竜次おじさん、今日、道場で聞いてきたんだけどよ」

下駄を脱ぐのももどかしく、早口でまくしたて始めた。切れ長な黒い瞳がきらきらと輝いている。

「近頃、市中にゃ、振袖小僧ってえ義賊が出るそうだぜ。振袖を衣被《きぬかずき》して忍び込むなんぞ、まるで歌舞伎みてえだろ」

美しい衣を衣被した、牛若丸を思わせる動きで、見得を切ってみせた。

「そういえば、幸助さんが言ってたっけ」

「盗みに入る相手は、大名や裕福な旗本の屋敷。お家の恥だからお上に届けたりしねえけど、人の口に戸は立てられねえ。隠すほど、漏れてくるんだよな。人を傷付けねえ上に、義賊ってえのがすげえんだよな」

力也は自分のことのように得意げに語った。

「そんな話より、さっさと部屋に戻って着替えなさい。亡くなった旦那さんの肝いりと

はいえ、昼間、道場へ通わせてもらっているんだから、夜見世の手伝いくらいちゃんとしなきゃ」

　さくらは力也の背中をぽんと叩いた。

「ありがてえと思って、せいぜい、ちゃんと務めるんだな」

　おるいもけけけと笑いながら、尻馬に乗る。

「早よせんかいや」

　竜次にまでどやされた力也は、ふて腐れた顔で見世の奥へと向かった。

　台所にはまだけんぴんの香ばしい香りが残っている。

「力也の分、残しといたら良かったね」

　さくらの言葉に、おるいはふくらんだお腹をさすりながら、可愛いげっぷをした。

四

　さくらは夜明け前から、長細い練馬大根をせっせと洗っていた。

　ささらでごしごし洗えば、土にまみれて茶色だった大根が、白い素肌を取り戻していく。濃い緑の葉が目に鮮やかである。白くてすらりとした足を思わせる大根に向かって微笑みかけたとき、後ろから竜次の声が聞こえてきた。

「今朝はなんや静かや思たら、おるいの姿が見えんがな」

「わたしが部屋を出るときは、まだぐっすり寝てましたよ」

「おるいはさくらにすっかり懐いてからに。まるでほんまもんの親子みたいやな」

「ええっ。そうですか」

さくらに、おるいのような娘がいてもおかしくなかった。

(伊織さまが養子に行かはらんと、平山家に婿入してくれてはったら、今頃は子ぉが何人も生まれてたやろな)

伊織の子ならきっと可愛くて賢い子だったろう。

大根についた泥を丁寧に落とす。何本も白い足が流しの横に積み上がっていく。葉は煮浸しに、根の部分はたくあんにすることになっていた。

「千歳の突出しの打ち合わせで、ちょっくら『山口巴《やまぐちともえ》』まで行ってくるぜ」

見世に顔を出したばかりの幸助が、山口巴からの使いとともに、忙しげに出かけていった。大門の際にある山口巴は、吉原随一の引手茶屋で、惣兵衛は、必ずこの茶屋を通して登楼していた。

幸助が出かけたのと入れ違いに、喜左衛門が奥から姿を現した。どすどすという大きな足音とともに、真っ直ぐ台所に向かってくる。遅れて、口をへの字に結んだお勢以もやってきた。

「さくら！」

大声が響き渡り、大階段の下で綾取りに興じていた禿が、怯えたように袂《たもと》で口元を覆った。一階にいた者たちの目が一斉に、喜左衛門とさくらに注がれる。

黙々と魚をさばいていた竜次がついっと顔を上げ、布巾の上に、丁寧な手付きで包丁を置いた。

「おるいが、下痢が止まらずてえへんなんでえ。見世の大事《でえじ》な跡取り娘がおっ死んじまったらどうしてくれる」

さくらの目の前に仁王立ちになった喜左衛門は、声を裏返らせた。

「え、おるいちゃんがどうして」

立ち上がりながら、前垂れで手を拭った。

「どうもこうもあるけえ。てめえの焼いたけんぴんで食あたりしたんでえ」

「ひどいんですか」

急いで奥へ向かおうとするさくらの前に、喜左衛門が立ちはだかった。

「お勢以がおめえを許さねえってよ。今すぐ出ていきやがれ。てめえみてえなあま、この見世に置いちゃおけねえ。なあ、お勢以」

「ひどいじゃないか。生焼けを食べさせるなんて」

お勢以は唇をぶるぶる震わせ、白目が見えるほど目を見開いている。

絶句するさくらに、

「なんてことをしてくれたんだい」

お勢以は顔をこわばらせながら袖を嚙んだ。

「喜左衛門はん、ほんまにけんぴんのせいかいな。しっかり火を通してるし、けんぴんで腹壊したて聞いたことあらへんがな」

竜次が喜左衛門に詰め寄った。

「当たったものは当たったんでえ。間違いあるもんけえ」

こめかみに青筋が浮いている。だが、大仰で芝居じみて見えた。

「おるいが調子に乗って食い過ぎよっただけや。あたったんやのうて、食べ過ぎで腹をこわしただけやないかい。さくらのせいにするんは言いがかりや」

喜左衛門はまだ言いつのる竜次に構わず、さくらに迫ると、

「さくら、主人筋に当たる者を傷つけるのは大罪でえ。お上に訴え出るのは勘弁してや

るから今すぐ出て行きな」と啖呵《たんか》を切った。

「難癖つけくさって。わいが許さへんで」

喜左衛門を殴らんばかりの竜次を、さくらは懸命に止めた。

「ほ、ほんに……なんてことをしてくれたんだい。おるいにもしものことがあったら、あのひとに申し訳がたたないよ。さくら、たった今、この見世を出ていっとくれ」

お勢以はそれだけ言うと、おるいの容体が気になるのだろう、そそくさと奥に戻っていった。取り付く島もないとはこのことだった。

「久庵《きゅうあん》先生はまだなのかい、おりき」

頭に血が上ったお勢以の、異様に甲高い声が、奥の廊下を遠ざかっていった。

取り乱すお勢以の気持ちはもっともだった。なにを言っても聞き入れてはもらえないだろう。

「この見世の主の言葉なんだからな。従ってもらうぜ」

喜左衛門は、勝ち誇ったように、どう猛な笑みを浮かべた。

「俺は寄り合いがあるから出かけるぜ。俺が帰るまでに引き払っときな」

喜左衛門は若い者を引き連れ、肩を怒らせながら大暖簾をくぐって出ていった。

辺りが急にしんとなった。

江戸に親類縁者がいないさくらは、佐野槌屋を追い出されれば、行く宛てがなかった。

竜次のような腕の良い料理人に、また巡り会えるとは思えなかったし、女に料理を教えてくれる奇特な料理人など見つからないだろう。とびっきりの天ぷらを遊女の卵たちにふるまうどころではなくなった。

(料理人になりたかった父上の気持ちを受け継いで、料理人を志したのに、呆気のう、あかんようになってしもた)

ふいに足場が崩れ、奈落の底に落ちていく気がして、暗い廊下に立ち尽くした。

「えらいことになったな」

竜次が声をかけてきたときだった。

「これ、おるい」

「お嬢さん、寝てないといけませんよ」

「ほっとけ」

奥へと続く廊下がにわかに騒がしくなった。

「さくらをやめさせるたあ、婆ぁ、許さねえ」

「だって、大事な跡取り娘を病気にされて黙ってられるかね」

「馬鹿野郎、こんなときだけ母親面しやがってよ」

「お嬢さん、落ち着いてくださいよ」

おるい、お勢以、おりきの三人が、もつれるように御内所になだれ込んできた。

「おい、さくら、てめえ、ほんとに出ていくのけえ」

おるいは血走った目でさくらをにらんだ。

「おれっちが手に負えねえから、ほっぽって逃げやがるんだな。許さねえぞ」

甲高い声で叫んだなり、おるいは、ふらふらとその場に座り込んだ。

「さあ、さあ、お嬢さんは寝ていないと」

おるいの小さな身体を大柄なおりきが軽々と抱き上げて、奥へと戻っていく。

「お勢以のおかめ、大福婆ぁ。おめえを許さねえからな。おれっちを見限ったさくらはなおさらでえ」

おるいの、弱々しいながらも精一杯の叫び声が、長い廊下を遠ざかっていった。

さくらのせいで、おるいとお勢以の溝はさらに深くなってしまった。取り返しのつかなさに打ちのめされた。

だが、おるいは命に別条なさそうである。ともかく落ち着こうと、ゆっくり深呼吸した。

「今から荷物をまとめてきます」

肩を落として、奉公人部屋に戻りかけたとき、稽古着姿の力也が現れた。

「玄武館へ稽古に行こうとしたら、この騒ぎだろ。陰で全部聞いちまったぜ。俺もこんなところ辞めてやらあ」

(騒ぎの最中に飛び込んでこなくて良かった)

力也が暴れて大騒ぎにならなかったことが、せめてもの幸いだった。

「分かってるから様子見してたんだ。この前みてえに、面番所にしょっぴかれて、こっぴどく痛めつけられるのは御免だからな」と力也は口を尖らせた。

「昨日、面番所の前、通ったら、塚本のぼけなすと鉢合わせしてもうた」

竜次が憎々しげに口をはさんだ。

大門横には面番所があり、隠密廻り同心や岡っ引きが交替で詰めて、怪しい者がいないか、大門の内外に目を光らせていた。衆道の気がある隠密廻り同心塚本左門は、力也に粉をかけて、こっぴどく拒絶されたことがあり、力也を目の敵にしていた。

「とにかく、わたしの部屋に来て。今は誰もいないし」

三人で女奉公人が寝起きする八畳の間に入った。

男二人は畳の上にどっかと腰をおろし、さくらは押し入れから手行李を引き出して、風呂敷に包んだ。江戸に出てきてから、荷物はまったく増えていなかった。

「まあ、いっぺん落ち着こや」

竜次は懐から包みを取り出して懐紙を開いた。

出てきたのは、ひと口で食べられるほどの可愛い饅頭だった。『志ほせ』という焼き印が押されている。南伝馬町にある老舗塩瀬の『志ほせ饅頭』は、ちょうど三つあった。

「志ほせ饅頭か。うめえんだってな」

力也が嬉しそうに目を輝かせた。

「小菊が客からもろた饅頭、分けてくれよってん。宋から来た、なんちゃらいう坊《ぼん》さんかなんかが、饅頭を初めて伝えよって、何でも何代目かの主人が、神君家康公に献上してどうのっちゅう誉れ高い饅頭やそうな。よう知らんけど」

竜次が要領を得ない説明をしてくれた。

「いわれはいいから食わせろい」

力也は、竜次の手からかっさらうように饅頭を奪うと、

「こりゃ美味えや」と一気に食べてしまった。

「茶ぁがあったら良かったんやけどな」

竜次も口に放り込み、味わうどころか、これまたひと口で食べ終わった。

「せっかくのお饅頭が可哀想。こんなときほど落ち着いてゆっくり味わわなきゃ」

掌に載せて、まずはじっくりと目で楽しむことにした。

ひと目で、丁寧に作られていると分かる逸品だった。

「どれどれ、中身はどうかな」

おもむろに割ってみた。

ふんわりふわふわした柔らかい皮の中に、こし餡がぎゅっと詰まっている。半分をさらに半分に割って、宝物のように、口の中にそっと入れた。

口一杯に優しい甘さが広がった。甘い。いや、甘いという言葉では言い表せない複雑な甘さが嬉しい。

「あっさりして甘過ぎないし、吟味された小豆の上品さがたまらないですね」

じっくりと味わいながら、喉にそっと送り込んだ。淡い味が、いかにも老舗の饅頭らしく、乱れていた心がゆっくりと温められた。

「力也は、これからどこへ行くの」

「を組に行くに決まってらあな」

力也が胸を張り、竜次が大きくうなずきながら、間《あい》の手《て》を入れる。

「やっぱしそうけ。当てにする先っちゅうたら、辰五郎《たつごろう》親分のとこしかないわな」

「あのときから、力也はすっかり気に入られちゃったんですよね」

火消し十番組を組の頭辰五郎との経緯を思い出して、さくらは苦笑した。

辰五郎の子分と大乱闘になって怪我を負わせた力也は、身の危険を覚悟で辰五郎の家まで謝りに出向いた。

侠客の親分相手に丸く収まるわけがない。あわや大立ち回りかと思われたときだった。

手土産に持参した、茶飯で作った握り飯の香りが場を和ませ、辰五郎は矛を納めてくれた。それればかりでなく、力也の度胸を気に入った辰五郎は、いつでもうちに来いと誘いをかけてきた。

「辰五郎一家っちゅうたら、火消人足を三百人近う抱える大所帯やさかいの。力也一人増えても、痛うも痒うもあらへんわな。力也が頼って行ったら、それこそ、二つ返事で受け入れてくれるやろ」

竜次の言葉に力也が、胸をそらして得意げにうなずいた。

「けど、辰五郎親分は、浅草一帯を取り仕切る侠客という裏の顔を持っているのよ。力也も堅気ではいられなくなるでしょ」

「俺は、親分のこと、さくらよりよっぽどよく分かってんだ。さくらが良い顔をしねぇから今まで黙ってたけどよ。道場帰りに、何度も親分ちに立ち寄ってるんだ」

驚くさくらに、力也は、澄んだ瞳をきらきら輝かせながら、さらにまくしたてた。

「親分ちに、綾野京四郎《あやのきょうしろう》ってえ用心棒がいるんだけどよ。京四郎先生の腕はすげえんだぜ。俺は先生から、道場でのやっとうじゃなくて、実戦に強い本物の剣を習ってんだ。今朝の騒動で踏ん切りがついて、かえって良かったんでえ」

実戦向きの剣といえば聞こえが良いが、人を斬ったり傷つけたりするための剣である。心の有り様《ありよう》を大事にして、強さだけでなく学問を重んじる、力也の師、千葉周作の目指す剣とは大違いだった。

「立派な武士になるという望みとずいぶん、離れていくことになるじゃないの」

「じゃあ、どうすりゃいいんだよ。住込みで働ける奉公先ならすぐ見つかるだろうけど、道場に通わせてもらえるところなんて、どこにもありゃしねえよ」

「確かにそうねえ。道場に通わせてもらえるようになった事情を知っているのは、わたしたち数人だけ。女将さんでさえあの秘密を知らないから、皆、力也が特別扱いされているのを変だと思っていただろうしね」

頰の辺りに手をやった。

「さくらも一緒に来な。親分に頼み込んで、飯炊き女にでも雇ってもらってやらあ」

力也は胸をどんと叩いた。

「気持ちはありがたいけど、わたし、辰五郎親分のところは遠慮したいな」

「さくらは親分のことをよく思ってないけど、あのひとは『男』だ。それに……京四郎先生がほんとに良い人なんだ。素性が全然分からないんだけどさ」

力也の話に、今まで黙って聞いていた竜次が口をはさんだ。

「素性が知れんて、どないなこっちゃ」

「大川を流されてたところを助けられたそうでえ。息を吹き返したものの、なにも覚えてなくってよ。親分が男気を出して引き取ったら、すげえ剣客で、良い拾いものだったってわけだ。何でも、大川から助け上げた人は、この吉原内の人らしいぜ」

「ほんまかいや」「そうなの？」

竜次とさくらは同時に返した。

「行き先が見つかるまでだけでも辰五郎親分ちに来なよ。な、そうしなよ、さくら」

力也が真剣な眼差しで言ってくれる。血のつながりは強い。出会ってまだ八カ月だったが、親身になって案じてくれていた。

竜次がうつむいたまま首筋をかいた。

「あんなあ、さくら、その……わいの家に来てもええんやで」

いつも声が大きい竜次にしては、ひどく小さな声だった。

一瞬、なにを言われたか分からず、息を呑み込んでから、ようやく、

「とんでもない。竜次さんの家に住むなんてできっこないです」と返した。

「遠慮せんでもええんやで。わいはかまへんでえ」

聞いたこともない猫なで声に、さくらはぞくりとした。

「そりゃあ、男の竜次さんはかまわないでしょうよ。でも、わたしが嫌なんです」

さくらの言葉に、竜次はぎょろりとした目を大きく見開いた。

「わたしが気安い女だと、今の今まで、そんな目で見てたんですか」

伊織と正反対。教養がなく、下品で粗野な竜次を、男として見られるはずがない。

「あほんだら。お、おんどれは、なに言うてけつかるねん。何でわいがさくらみたいなでくの坊の、色気もくそもない、気性のきっつい不細工女を相手にせなあかんねん」

竜次の悪態に、かっと頭に血が上った。

「これでも好いてくれたお方がおられるんですからね」

「お、言うてみいや。どこのあほんだらが、そないなべんちゃら言いよってんな」

「わたしが大坂にいた頃からお慕いしていた武田伊織というお方です。この前、三年ぶりにお会いしたときに打ち明けられました」

「ほんまかいや。この前ていつやねん。言うてみさらさんかい」

「竜次さんが信じてくれるよう、最初から詳しく話しますが……」

さくらは二人のなれそめから語り始めた。

——東町奉行所同心の三男に生まれた武田伊織は、幼い頃からさくらの父が営む町道場に通い、同い年のさくらとは姉弟のように育った。

周囲の誰もが、さくらと夫婦になって道場を継ぐものだと思っていたが、十七歳のとき、他の同心の家へ養子に出され、家督を継いで、大坂東町奉行所同心となった。

縁が切れて初めて、伊織への恋心に気づいたが、口を利くこともない間柄になってしまった。

二十七歳になった伊織は嫁を迎えることになったが、その女は、養父が手をつけた茶屋女で、お腹に養父の子を宿していた。事情を知った伊織は我慢できず出奔。

その先で、伊織は、松本亀八の作る生人形に惚れ込み、一座とともに各地を転々とするようになった。

浅草奥山に建った生人形の見世物小屋で、二人は三年ぶりに再会した。

伊織は、歴《れっき》とした武士から卑しい香具師に落ちた身を恥じて、あくまで人違いだととぼけたが、さくらの心のこもった料理にほだされて、長年の思いを告げた——と。

「松本亀八一座の人形師、弥吉《やきち》さんが武田伊織さまだったわけです」

ここまで一気に語った。

「ええっ。そないな話、わいには、今日の今日まで全然、言わんかったやないけ」

「別に隠していたわけじゃないです。竜次さんにわざわざ言う話でもないし」

「けっ」

竜次はぷいっとそっぽを向いた。

「ここで痴話喧嘩されちゃ、俺っちが大迷惑でえ」

力也が、さも馬鹿らしいといったふうに割って入った。

「そない言うたらそうやな」

竜次はかかかと笑い飛ばした。その後、急に口をすぼめて押し黙ったかと思うと、

「それにしても、ほんま、さくらはあほんだらや。なにも、一つ屋根の下で、一緒に寝ようっちゅうわけやあらへんがな」

右手で、ひと筋の乱れもない鬢を撫でつけた。

「えっ。それはどういう意味ですか」

「わいは幸助はんの家にしばらく居候しよて思てたんや。幸助はんかて承知してくれるて。ひと月ほど前、女房に逃げられて一人暮らしやしな」

「それを早く言ってください。すっかり早とちりしてしまってすみません。穴があったら入りたいです」

恥ずかしさでかっと熱くなって、両手で頬をおおった。

「かかかか。ほんまにさくらはあほんだらや」

竜次は口元に泣き笑いのような皺を作った。隣で力也がくつくつと笑っている。

「ま、わいに任せとかんかい。奉公先かて何とかしたる」

竜次はどんと胸を叩きながら、またもや、かかかと馬鹿笑いした。

「さくらのこと、よろしくお願いします」

力也が、大人の顔で、竜次に向かって深々と頭を垂れた。

「頭なんか下げんでもええがな。岸和田から身一つで江戸に出て来たわいを、一人前の料理人にしてくれたんは、力也のおとんや。さくらの伯父貴でもあるわけや。恩返しのつもりで、二人をここに連れて来たのに、こないなことになってしもたんや。しばらくぼろ家を貸すくらい何でもあらへんがな」

竜次が急に頼もしく見えてきた。

「ぜがひでもこの見世に戻りたいんです。吉原の中で探してもらえませんでしょうか」

吉原は大門をへだてて世間と隔絶した場所だった。男なら客として出入りできるが、女であるさくらは、いったん吉原を出ればたやすく足を踏み入れられなかった。

「よっしゃ、よっしゃ。それがええ。それがええわ」

竜次は破顔一笑しながら、胸をどんと叩いた。

(負けたままではおれへん。『捲土重来を果たす』んや)

子供の頃、亡き父忠一郎に教えてもらった故事成語を思い起こして、起死回生を固く心に誓った。

第二章　正平のだご汁

一

九郎助稲荷にほど近い、竜次の住処は、布団が敷きっぱなしで、物が散らかって埃をかぶっていた。台所だけはきれいで、道具類や味噌醬油などがきちんと並べられているところが、いかにも竜次らしかった。

眠れない夜を過ごしたさくらは、明け六ツ前に起き出してご飯を炊き始めた。台所をあさると、流しの角に、茎のついたわさびが見つかった。

(茎がしんなりしてるけど、まだいけそうや。『わさびのお握り』はどないやろか)

鰹出汁と醬油で煮たわさびの茎を刻んで、おろしたわさびと一緒に炊きたてのご飯に混ぜた。

火傷しそうになりながら、どんどんお握りを握る。

たくさん握って皆に食べてもらおう。おるいや、遊女見習いの女の子たちの顔が思い浮かんだが、もう佐野槌屋には行けない。おるいにも嫌われてしまった。

たちまち心がしぼみ、お握りを一個どころか半個も食べられなくなった。

暮れ七ツ過ぎに戸口の戸締まりをしてから、残していた出汁で具なしの味噌汁を作って、海苔を巻いたお握りとともに夕餉にした。

(父上が亡くなったとき以来やなあ)

江戸に来て早々、傍らには力也がいた。奉公を始めてからは竜次たちと一緒に食事をとった。

一人ならゆっくり味わえるが、なんともわびしい。お握りをようやく一つ食べ終えて、ふーっと、大きなため息をついたときだった。

「わいや、わいやがな。早よ開けんかいや」

竜次の大声と、表の腰高障子をどんどん叩く音に、立ち上がって戸口に向かった。

心張り棒をはずすと、顔を紅潮させた竜次が、身を滑らせるように土間に入ってきた。

「奉公先を見つけたよってに、一緒に来さらさんかい」

竜次の言葉に、薄暗い家の中がぱっと明るくなったように感じられた。

「もう見つかったんですか。さすが竜次さん。顔が利きますね。じゃあ着替えますね」

二階に上がりかけると、竜次が顔の前で大きく手を振った。

「要らん、要らん。着飾って行くような店とちゃう。小汚い居酒屋やさかいな」

いつか開きたい店は小さな居酒屋だった。お客さんの顔を見ながら料理して、心を癒やしてもらえる店を作りたいと思っていた。願ったりかなったりな話に心が弾んだ。

「なんというお店ですか」

うきうきしながら胸元を整えて裾を直した。

「そ、その、やな……食い物の店となると、探すんに、えらい難儀やったんや」

竜次の口調は、歯切れが悪かった。

路地に出て、ずんずん歩いていく竜次について小走りになった。懐には愛用の襷を入れ、前垂れを包んだ風呂敷を手にしている。

「おるいちゃんの具合はどうですか」

「すっかり元気になって、元の通り、いやいや、前よりもっと皆に悪態ついとるで」

おるいが荒れていると聞いて、心の中の糸がぴんと痛んだ。

小見世の他に、蕎麦屋、湯屋、魚屋に酒屋などが並んでいる揚屋町まで来た。竜次は裏通りにずんずん入っていく。

横丁の路地に入ると、裏茶屋と呼ばれる、訳有りの男女が忍び逢う茶屋がずらりと並んでいた。長屋、局見世《つぼねみせ》とも呼ばれる、切見世が入り組んでいて、同じ吉原とは思えないわびしさが漂ってくる。日差しが傾いたせいで路地は薄暗かった。

路地の奥、仕舞《しも》た屋にまじって、縄のれんのかかった店が、ぽつんと一軒あった。一階が店で二階が住まいらしい。ぼろ提灯が一つ、軒先にぶら下がっている。提灯には灯が点っていなかったが、腰高障子の向こうに灯の色があった。

近づくにつれて、障子に墨書きされた店の名前が見えた。

「あーっ。瓢亭じゃないですか」

落胆のあまり、身体からどっと力が抜けていった。

「江戸一不味い店って言ってたのは竜次さんでしょ。瓢亭だと知っていたら、ついて来ませんでしたよ」

「あほんだら。わいの厚意を無にするんかいや。くそ忙しい台所仕事の合間に、吉原中、くまなく当たったんやで。この店が最後やった。瓢亭だけがええ返事くれたんや」

「瓢亭で奉公するなんて絶対嫌です。明日から、自分であちこち当たってみます」

「瓢亭だけはあかんちゅうて、先に言うとかんかいや。ぼけなす」

黒光りする目を見開いて、竜次は歯をむき出した。

「料理に一家言どころか百家言くらいある竜次さんじゃないですか。いつもぼろくそに言ってた瓢亭に頼みにいくなんて思いもしなかったんですもの」

「瓢亭の爺さんは二つ返事で承知してくれたんやで。おんどれは、わいの顔をつぶすんかいや。あほんだら。なにさまやねん。ほんまにおんどれは……」

竜次は地団駄を踏みながら、大坂南部、泉州訛りの早口でまくしたて始めた……と思うと、今度は急に白い歯を見せて、とってつけたように、にっと笑った。

「正平爺さんはええ人や。まあ、会うてみい。気が変わるで。な」

返事も待たず、さっさと歩き出したときだった。

瓢亭の表戸が開いたかと思うと、縄のれんをかき分けて、すらりとした指が見え、長身の浪人が姿を現した。

大刀だけ落とし差しにした、着流し姿の浪人は、逆光になって顔がよく見えなかった。

竜次は、浪人の脇をすり抜けて瓢亭の中に入っていく。

埃っぽい路地を浪人がどんどん近づいてきた。

黒い小袖は真新しい上物に見えた。総髪の髪は綺麗に結い上げられ、ひと筋だけ乱れた鬢の黒髪が妙に艶っぽい。歳の頃は三十代半ばだろうか。小袖の黒い色が、大人の男の色気を醸し出していた。

浪人が一瞥し、ほんの一瞬だけ目が合った。一重で切れ長な目は、なにも映していない人形の瞳のようだった。路傍の石でも見るように、いや、汚らわしい物でも見るようにさくらを見た後、浪人は大げさに顔をそむけた。

(年増女が、色目つこたと思たんやろか)

恥ずかしさと怒りで、身体がかっと熱くなった。

浪人とすれ違う。狭い路地なので身体すれすれだった。香りが鼻をくすぐった。

(男のくせに匂い袋でも持ってるんやろか。なおさら嫌な奴や)

長身痩軀の浪人は、人を寄せつけない暗さを持っていた。

「早よ来さらさんかい。あほんだら」

竜次が縄のれんから、ひょいっと顔をのぞかせた。

「そんなに急かせなくたっていいじゃないですか」

言いながら、古びて煮染めのような臭いのする縄のれんをくぐった。

安普請の居酒屋の中は、予想していた通り、いや、それ以上の汚さで、奥まった小上がりに、主人らしき小さな影があった。

「さくらと言うたかの。よう来てくれたのう。わしが瓢亭の主の正平《しょうへい》じゃ」

前垂れをした老人が立ち上がって下駄を履き、よたよたと歩み寄ってきた。背が低い上に腰が曲がっている。

さくらを見上げてにかっと笑った顔は好意に満ちていた。渋紙色の顔は皺だらけで、前歯が何本も抜け、何歳なのか想像もつかなかったが、猿のようなひょうきんな顔がさくらを安心させた。ひょいと懐に飛び込んでこられた気がした。

「なかなか似合いじゃないか」

「正平はん、あほな事、言わんといてんか。わいがこんな大女、女と思てるかいや」

「てっきり竜次の色かと思うて、奉公の頼みに色良い返事をしたんじゃがのう」

「そら、正平はんの早とちりやがな。かかかか」

二人で楽しげに勝手なことを言い合い始めた。瓢亭の味をくそみそに言っていたくせに、竜次と正平は気安い間柄だったらしい。

店の中の荒れ果てたさまは隠しようもなかった。正平はさくらが奉公するものと思い込んでいる。

小上がりに上がったさくらと竜次に、正平が、

「茶請けにと里芋の煮ころばしを作っておいたからの」

火鉢にかけてあった鉄瓶の湯を湯呑みに注ぎ、鍋に入っていた煮ころばしを、一つずつ小皿に取り分けてくれた。

(話に聞いた瓢亭の味て、どないなんやろ)

小皿に入った、なんとも言えない土留色《どどめいろ》の里芋を見た。

（皮ごと下茹でしたら、つるりと皮がむけるのに）

目が悪いからか、不器用なのか、いい加減な質なのか、むき残した皮の毛が目について、味が思いやられた。

「遠慮のう食うてくれ」

「は、はい。では」

大ぶりな里芋を箸で割ろうとした。だが固い。湯がき方が足りないため、真ん中が生煮えで、箸が上手く通らなかった。割ることを諦めて、箸でつまんでみた。黴が生えた里芋を使ったらしく、黴臭い匂いが鼻を突いた。

前歯でかじって、怖々、ほんの一欠片だけ口に入れた。えぐい上に渋く、あり得ない醬油辛さだった。やはり評判通り、最悪の味である。

さりげなく、残りの欠片を皿に戻してそっと盆の上に置いた。竜次は白湯《さゆ》だけ呑み干して小皿は盆の上に置いたまま、すました顔である。

「わしはこの小上がりで寝起きしとる。二階の二部屋のうち、好きな方を使うたらええ」

隅には枕屛風が立てられていた。裏には畳まれた夜具が置かれているのだろう。仏壇、茶簞笥、火鉢、衣桁《いこう》や葛籠《つづら》まで置かれて、居酒屋の小上がりというより、すっかり町家の居間と化している。一階がこうなのだから、二階が、どんなありさまになっているかと、げんなりした。

さくらの表情を見て取ったのか、正平が笑顔で言い添えた。

「二階は、京四郎がしばらく住んでおったから、すぐにも使えるじゃろうて。あやつはあれでなかなか綺麗好きじゃからの」

「正平さんには、『きょうしろう』さんという息子さんがおられるのですか」

「路地ですれ違わんかったかの。あやつじゃよ。息子なんぞではないがの」

さきほどの浪人者の鋭い眼光が目の前に、苦々しく蘇った。

「京都の京に四郎と書く、京四郎という名も、綾取りの綾に野原の野と書く、綾野という姓も、わしがつけてやったんじゃがな」

「綾野京四郎さんって……」

言いかけたさくらより早く、竜次が話に首を突っ込んできた。

「名前をつけたて、どないな意味やねん。正平はん、おもろそうな話やないけ」

「半年ほど前に拾うたのじゃ。大川を流されておったのをな。息を吹き返したまでは良かったのじゃが、氏素性、それまでのことをすっかり忘れておってのう」

痛ましげに目をしばたたかせた。

「辰五郎一家で用心棒をしている浪人さんですよね」と口をはさむと、

「どうしてそんなことを知っておるんじゃ」

正平が目を丸くして、その後、一つ大きなくしゃみをした。

「力也といういとこがいるんですが……」

事情を手短に話すと、

「世間は狭いのう。ふぉっふぉおっふぉ」

正平は、歯が抜けて、息がすうすう漏れる口で、さも愉快そうに笑った。

「じゃあ、その京四郎ってえ御仁は、自分がどこの誰とも分からへんのかいな」

竜次がいかにも同情したふうに言った。

「ま、そうじゃ。で、助けたものの、大の男をうちでは養えんからの。いっそあの辰五郎親分に頼んでみようと思うたんじゃ」

自分がどこの誰とも分からなければ、どんなに心細いだろうと、同情する心が湧きかけたものの、冷たい瞳を思い出して、

（不逞浪人に違いあらへん。喧嘩かなにかの最中に、誤って大川に落ちたんやないか）

と考え直した。

力也は無闇に尊崇しているが、良い影響を及ぼすとは思えなかった。さくらの不安そうな顔を取り違えた竜次が、

「迷うのは分かるけんど、この正平はんは、ええ人や。料理の腕はともかく、安心な奉公先やで。なんせ、正平はんは元はといえば……」

ここまで言ったとき、目をしょぼつかせながら、正平が言葉を重ねた。

「さくらに来てもろうてわしは喜んどるんじゃ。寄る年波には勝てん。板場に立つのも、だんだん億劫になってのう。かというて古い客もおる。店を畳めば馴染み客との縁が切れる。それが辛いんじゃ」

正平の料理を当てにして来る客がいるとは思えなかったが、生きがいをなくした老人が急に老け込んで、一年も経たないうちに亡くなってしまう例は多かった。

人生は思うようにいかない。

父平山忠一郎は、無類の料理好きでありながら、大切に育ててくれた養父の町道場を継がねばならず、剣の道で一生を終えた。

正平もなにかわけがあって、不向きな居酒屋稼業をこの歳になるまで続けてきたのではないか……と思えば、おせっかいの虫が大きな楽の音を奏で始めた。

「ふつつか者ですがお手伝いさせてください。よろしくお願いいたします」

武家ふうに格式張ったお辞儀をすると、

「まあ、固くならなくたって、かまわん。気楽にいておくれ」

正平は歯の抜けた口を開け、ふおっふおっとしまりのない声で笑った。手放しで喜んでくれる様子に、胸の内がほんわり温かくなった。

「半年ぐらい前からは、客に、漬け物やら、するめや目刺しを炙った物ばかり出すようになったんじゃ。で、いよいよ、自分のための料理さえ面倒になってしもうての」

「そうだったんですね。明日から、わたしが料理させていただきます」

「ほうか、ほうか。それがいっちゃん、ええで。ほな、わいは見世に帰るで」

竜次は何度もうなずきながら、小走りで見世に戻っていった。

（とにかく、ここで頑張ってみよ。ほんで……）

もう一度、佐野槌屋の台所で皆のために料理を作りたい……と思いを新たにした。

二

竜次の家に帰って、残っていたわさび入り握り飯を竹皮に包み、手行李を担いで瓢亭に戻った。日はとっぷりと暮れて、一つしかない行灯の光で照らされた店の中は、ひどく暗かった。

「正平さんは、晩ご飯、済ませられましたか」

「飯は食ったから、茶を淹れてもらうかの」

正平はさも嬉しげに目を細めた。

店の土間よりさらに暗い板場に入って、ろうそくに火を灯した。

ご飯を炊く釜には少しだけ炊かれた跡があった。焦げた跡が幾重にも重なって黒いかさぶたのようになっている。洗い残した鍋からは得体の知れない奇妙な臭いがした。いったいなにを作っていたのだろう。

腰の曲がった正平が、昼でも薄暗い板場に立って、難儀しながら炊事するさまが思い浮かんだ。味噌や塩、醤油や胡麻油などは、古いものばかりで、野菜や乾物も、しなびたり、かびたり、湿気たりしていた。

襷をかけて愛用の前掛けをした。茶色地に縞の前掛けは、十五歳になったとき、父忠一郎から譲り受けた物だった。

これからは、ちゃんとしたものを、お腹いっぱい食べてもらおう。おせっかいの虫が腕まくりする。火を落としていない竈で湯を沸かし始めた。

（忠右衛門伯父さんの店の板場は、なにもなくてがらんどうやったなあ）

はるばる大坂からお江戸に出てきたものの、向嶋で大きな料亭を営んでいるはずだった伯父は、貧相な居酒屋の亭主に落ちぶれ、おまけにひと月前に亡くなっていた。

一人息子の力也少年と二人、途方に暮れていたところに、竜次がひょっこり訪ねてきて、二人して佐野槌屋で働かせてもらえるようになった。

（あれから色々あったことが夢のようや）

生きる気力をなくしていた佐川花魁を立ち直らせたこと。

生人形の見世物小屋に、佐川と力也の人形を飾ってもらったことがきっかけで、行方知れずだった武田伊織と巡り会えたこと。

最初は「女に料理なんかさせるかい」と言い張っていた竜次に、料理を教えてもらえるようになったこと。

楼主長兵衛の信頼を得たこと。

そして……伊織は人形師としての道、さくらは料理の道へと進む決心をしたこと。

さらには……長兵衛の死。

さまざまな出来事がめまぐるしく過ぎた八カ月だった。

いつのまにか、見世の皆が大事な人たちになっていた。破落戸のような喜左衛門に牛耳られている佐野槌屋のこれからが心配でしかたがない。

長兵衛から託された願いが果たせぬままなことが一番の心残りだった。

なんとしてもおるいとお勢以の仲を取り持ちたいと、おせっかいの虫がうずく。

小上がりに上がって、正平と二人してお茶を呑み始めた。

かすかに香の匂いがした。綾野京四郎が正平と酒でも呑んでいた名残だろう。

(嫌な臭いや。今から食べよて思てるのに、お握りが不味なるわ)

思いながら、持参した風呂敷を解き、竹皮の包みを取り出して開いた。

「今朝炊いたご飯で作ったお握りですけど、一つどうですか」

わさびの香りが辺りにつ〜んと広がって、正平の喉がごくりと大きく上下した。

「海苔は別にして持ってきました。炙ってから巻きましょう」

少し湿っていた海苔の両面を、火鉢の火で炙ってぱりっとさせた。

「飯炊きを頼むというのに、どんな味つけやら、まだ試しておらなんだの」

正平は差し出されたお握りをつかんでほおばった。さくらも一つ取って口に運ぶ。

ぱりっ、ぱりっと、海苔が良い音を立てる。

「こりゃ海苔の歯触りがええのう。海苔の控えめな味がご飯のしっとりとした味わいとよう合うておる」

「一人で食べたときは、冷えたせいで美味しくないのかと思ったんですが、二人して食べると、ちゃんと美味しいんですね。炊きたてのお握りより、具材がご飯と馴染んでいるのかしら」

わさびのつんとした香りを追いかけて、醤油と鰹出汁の香りが鼻をくすぐる。正平は、喉を詰まらせないかと心配になるほど一気に平らげ、さくらの勧めるままに、三つもお腹の中に納めてしまった。

「素人料理にしては食えぬこともない。わしがおいおい、味つけを教えてやろうかの」

腰を叩きながら話す正平の言い草に、さくらは笑いをこらえた。

「ぜひ、お願いします」

空になった包みをたたみ直しながら、にっこり微笑みかけると、正平は歯の抜けた口でにやっと笑い返した。

閉じられた天窓の隙間から外の気が吹き込んできて、さくらは肩をすくめ、温かいお茶をすすった。

しばらく経って、正平はしみじみとした口調でとつとつと話し始めた。

「わしはのう。隠居する前は御家人の端くれじゃった。自慢できるほど立派なお役目についておったわけではないがな」

背筋がしゃんとし、心なしか、話しぶりも武家らしくなってきた。

「妻《さい》とは当初より不仲での。あるとき若い娘と出会うて、好き合うようになったのじゃ。で、側妻として迎えたのが綾乃じゃった」

煤で汚れた天井を見上げたが、遙か彼方の夜空を見ているようだった。

「綾乃《あやの》という名じゃったが、わしが綾乃と名づけたのじゃ。武家の側妻になったからには、この懐剣も与えたのじゃがの。わたしのような者には似合わないと大事にしまい込んだままでな。今となっては形見になってしもうた」

仏壇の脇に置いてあった、袋に入った懐剣を取ると、枯れ木のような手で、愛おしそうに撫でた。

「まもなく綾乃は身ごもっての。大いに喜んだものの……逆子ゆえの難産でな。綾乃も赤子も亡くしてしもうた。わしが側妻に迎えねば、今は、瓢亭を切り盛りする姥桜になっておったろう。そう思えば……」

涙ぐみながら言葉を詰まらせた。

「じゃあ、綾乃さんの実家が、この瓢亭だったんですか」

「隠居するにあたって、空き家になっておったこの店を継いだんじゃ。もっともそれから三度も火事で焼けて、今の店は五年ほど前に建て直したもんじゃがな。はは、お江戸に火事はつきものじゃが、吉原はしょっちゅう。しかもたいてい遊女のつけ火で丸焼け。この店とていつまで無事なものやら」

「でも、どうして武士の身分を捨てて、居酒屋をしようと思ったんですか」

正平は苦笑した。

「実はの……」

正平はしんみりとした口調になった。

「いまさらなにをしてやれるというものでもないが、綾乃が生まれ育ったこの店を今一度、人が通う店にしとうての。罪滅ぼしのつもりじゃったが、このていたらくじゃ」

「そんな過去があったのですね」

料理人になることが、父忠一郎の仇討ちのように思っているさくらには、正平の思いが身近に感じられた。浪人者に綾野という姓をつけたのは、亡きひとの名にちなんだのだと思えば、何とも言えず胸が熱くなった。

隙間風が板場から小上がりのほうに吹き込んできた。

香の匂いが強く漂ってきて、今になって、部屋の隅で香が焚かれていると気がついた。京四郎が匂い袋を持っていたのではなく、身体に香の匂いが移っていたのだ。

「わざわざ、お香なんか焚いてたんですか」

「むさ苦しい爺い一人の家に女子《おなご》を迎えるのじゃからの。年寄り臭うてはいかんと思うて、京四郎に買ってこさせたんじゃ。京四郎が選んだ香じゃがええ香りじゃろ」

「そんな気遣いまでしていただいて、ありがとうございます。でも、今後はご無用に願います。香の匂いで食べ物が不味くなります」

京四郎好みの香と聞いて、ついつい言わなくてもよいことまで口走ってしまった。

「せっかく買うた香が無駄になってしもうたの」

正平はしゅんとなった。狭めた肩に哀愁というより、猿のような滑稽さが漂う。

なにかがぷつんと切れたように話が途切れた。火鉢にかかった鉄瓶の湯が立てる、しゅんしゅんという音だけが大きく響いてくる。

「ところで、綾乃さんの得意料理って、何だったんですか」

さくらの問いかけに、正平の頬がふっと赤らんだ。

「綾乃はの、育ちが育ちだけに、それはまあ、何でも得意でのう。それまで食ったこともないほどの美味い手料理を食わせてくれたもんじゃ。惚れこんだわけはその辺りにもあったかのう」

眉がたちまちへの字に下がった。

「料理って大事ですよね。美味しい料理を食べれば、心が和んだり、慰められたり……

大きな悩みを打ち明けるきっかけになったりしますよね」

「中でも一番得意だった料理が『だご汁』でのう。そのだご汁を、わしのこの手で作ってみようとしておるのじゃがの。どうしても上手くいかんのじゃ」

情けなさそうな顔で、しわしわの額を撫でた。

「だご汁って、団子を入れた汁物なんですよね」

だんご汁とも呼ばれるだご汁は、西国の筑前、肥後、豊後辺りの郷土料理として有名で、味噌味もあれば、醤油味もあり、おのおのの家で独自の作り方があった。

「綾乃の二親《ふたおや》は肥後の出じゃったんじゃ」

鍋に残っていた妙な臭いは、だご汁を作ろうとしてし損じた残り香で、それを夕餉にしたのだろう。里芋の煮ころばしの出来から考えて、寿命が尽きるまでに、美味しいだご汁が作れるとは思えなかった。

さくらの中のおせっかいの虫が鳴き始める。

「わたしもお手伝いします。綾乃さんはこうだったと、色々、教えてください」

「いや、手伝いは要らん。あくまでわし一人の手で作りたいんじゃ」

正平は意外なほどきっぱりと言い切った。どこからか粋な音曲と、男女が笑いさざめく声が聞こえてくる。

「そろそろ寝ようかの」

屏風の後ろから、古びた布団を引っ張り出して、ゆるゆるした動作で敷き始めた。

「ではおやすみなさいませ。わたしは二階に上がります」

店土間の棚にあった燭台片手に、ぎしぎしいう階段を、とんとんと上った。

二階は正平が言った通り、こざっぱりと片づいていた。

四畳半の隅に手行李を置いて畳の上にぺたりと座り込んだ。階下からは物音一つしない。正平は夜着をかぶって横になったのだろう。

たもとに鼻を近づけてみると、ほんの少しだけ香の匂いが染みていた。落ち着いてみると、それほど悪い香りでもない。正平にとって大きな散財だったろう。

(つい言い過ぎてしもた。その分、明日から頑張って働こ)

奥の六畳にある押し入れの襖を開いて、夜着と敷き布団を引き出した。

三

明くる朝、夜明け前からご飯を炊いて、板場に残っていたかんぴょうで味噌汁を作りはじめた。鰹節は表面がかびていたが、こそぎ取ってから削ると、香ばしい香りがふわっと広がった。かんぴょうを茹でてから、温かい出汁汁に入れて煮立て、溶き玉子を回し入れて火を通してから味噌を加えた。

「味噌は最後に入れて、沸き立つ前に火から下ろすものか。わしは長年、煮立たせておった。玉子も面倒じゃて、溶かずに放り込んで、鍋の中でかき混ぜておった」

正平は感心するように言った。古くからの客などほんとうにいるのだろうか。あきれながら味噌汁をお椀に注ぎ、ほかほかのご飯をお茶碗によそった。

「三つ葉があれば良かったんですが、葱の端っこが残っていたので使いました」

二人して小上がりに座って朝ご飯を食べ始めた。味噌汁に入ったかんぴょうの歯応えと、玉子の滋味がふんわりと優しかった。

「こんな美味い朝飯は久しぶりじゃ。あ、いや、その、味はともかくじゃな、一人よりも二人で食うほうが格段に美味いのう」

意地でも、さくらの料理をほめないところが憎らしい。

「こうしてゆったり食べると、ほっとする心地がしますね」

「飯を四杯もお代わりしたのは、いつ以来かのう」

満腹になった正平は、火鉢の横でごろりと横になった。

「朝早いし、冷えますよ」

枕屏風の裏から古びた夜着を持ち出した。

「江戸に出てきたときは、夜着を見て驚いたものです。着物の形をした掛け布団なんて寝にくいって思ったのですが、すぐに慣れちゃいました」

正平の枯れ木のような身体に沿わせるよう丁寧にかけた。

後片付けをしていると、まだのれんを出していない戸口の腰高障子ががらりと開いて、誰かが、店土間にずかずか踏み込んできた。

綾野京四郎だった。暗い気をまとった姿は、朝の清々しさとおよそなじまなかった。目が合った途端、切れ長な瞳が揺れた。さくらが馬鹿丁寧にお辞儀すると、明らかに落胆した様子で顔をそむけた。

「おお、京四郎か」

正平は夜着をはねのけてむくりと起き上がると、嬉しげに目を細めた。

「さくらと申します。昨日、路地ですれ違いましたが、覚えておいででしょうか」

京四郎は無言のまま、端正な眉の一方だけ、ほんの少し動かした。

「昨日、言うておったさくらじゃ。な、京四郎、なかなかのべっぴんじゃろが。若い娘が店におるというのは華やいでええもんじゃ……で、今朝は早うからなんの用じゃな」

正平は下がり気味の眉尻をさらに下げながら、京四郎に問いかけた。

「正平どのの顔を見に寄っただけゆえ、用はござらぬ。では、拙者はこれにて」

さくらに一切、目を向けず、くるりときびすを返した。今にも戸口を出て、路地に足を踏み出そうとする。

「わざわざ来られたのですし、お茶だけでも呑んでいってください」

辰五郎一家で、力也がどんなふうに暮らしているか聞きたくなり、できるだけ気軽な口調で声をかけた。

「そうじゃ。京四郎、こっちへ来い。一緒に飯を食え」

朝飯を食べたかどうか尋ねることもなく、正平は小上がりに座を勧めた。

「では、暫時」

京四郎は意外にも素直に従い、おもむろに腰の刀をはずして、小上がりに腰をかけた。女が惚れそうな、舞うような動きが、気障ったらしかった。

「では、お客さまに朝餉を御用意いたします」

さくらは心の中で腕まくりしながら、張り切って板場に引っ込んだ。

「ゆえあって佐野槌屋から追い出されたところを、わしが拾うたというわけじゃ」

小上がりで、京四郎相手に話す正平の声は明るかった。

「それで万事に障りはないのか」

京四郎が低い声で言うのが聞こえ、思わず聞き耳を立てた。

「なあに、かまうもんか」

「だがな……」

京四郎の声はさらに低くなり、さくらの自慢の耳でも聞き取れなくなった。

なにを作ろうかと、板場の隅々を見渡していたとき、豆腐売りの声が聞こえてきた。

そうだ。『豆腐百珍』に載っている『たたき豆腐』を作ってみよう。思いついたさくらは、笊《ざる》を手にして、板場の奥にある戸口から隣の家との隙間を通って路地に出た。

(さあ、京四郎さんと勝負や。美味しいと言わせたろ)

焼き豆腐を買って帰ったさくらは、さっそく料理に取りかかった。

豆腐をつぶして赤味噌とうどん粉を混ぜ、団子を作ってから低めの油で揚げた。味見してみると、さくさくっとした香ばしさと、豆腐のふんわりとろんとした舌触りがなんとも言えなかった。味噌の甘味、風味がさりげなく効いている。

ついでにもう一品。塩を少し振った煎茶の葉を乾煎りして細かく砕き、まだ温かい飯にかけて茶飯にした。揚げ物の匂いと、お茶を煎った匂いが混ざり合って、口の中に唾がわいてきた。

「えろう香ばしい匂いがするわい。さて、なにができたかの」

正平の、子供のように弾んだ声が聞こえてきた。

茶飯とたたき豆腐に、さきほどの味噌汁を温め直して添えた。

胸を張って板場から出たさくらは（どない言わはるやろか）わくわくしながら京四郎の脇に盆を置いたが……。

「ふ」

京四郎は、盆に載った小皿を一瞥して鼻先で笑った。箸をつけないうちから、こんな女の料理など、ろくな味ではなかろうと小馬鹿にしている。

「正平さんも味見してください」

たたき豆腐が載った小皿を勧めると、正平は、待ってましたとばかりに、たちまちぺろりと平らげてしまった。

京四郎は無言のまま、皿に盛った、たたき豆腐に箸をつけた。

佐川花魁に初めて料理を出したときも、どう言われるか不安でしかたなかったと、懐かしく思い出しながら、固唾を呑んで京四郎の喉の辺りを見詰めた。京四郎は眉さえ動かさず、澄ました顔で食べ始めたが……。

速い。速すぎる。

まず、たたき豆腐を全部、口に押し込むように平らげた。今度はご飯だけがつがつかき込む。次に味噌汁を一気にずるずる呑み干した。まったく味わいもせず、あっという間にすべて平らげてしまった後、かたりと箸を置いた。

「爺さんと似たり寄ったりの不味さだな」

鋭い矢が飛んで来て胸をぶすりと射貫いた。ひどいと言いたかったが、正平が、

「それなりにできておるがの。素人じゃからこの程度でも仕方あるまい」

京四郎が食べ残した欠片を、自分の箸でとんと突き刺して口に運ぶと、

「こういうふうに、わずかに残った食べかすのほうが『ああ、もう終わりか』と一番、ありがたく味わえるもんじゃ」したり顔で何度もうなずいた。

「京四郎さん、無理に食べてくださらなくとも良かったですのに、お口汚しでたいへん申し訳ございませんでした。さ、さ、お口直しにお茶をどうぞ」

いやみったらしいほど丁寧な仕草で勧めると、京四郎は無言でお茶をすすった。

「力也はわたしのいとこです。京四郎さんには、以前から剣を教えていただいていると聞きました。元気にしておりますでしょうか」

さくらの問いかけに、京四郎は聞こえないふりをした。愛想がないどころか取りつく島がなかった。

「馳走になった」

京四郎は正平に軽く会釈して路地に足を踏み出した。きゃしゃな身体が、淡い日差しの中に溶け込んでいく。色づいた桜葉が数枚、風に乗って目の前をかすめながら、湿った黒い土の上にひらひら舞い落ちる。さくらは胸元をかき合わせながら、腰高障子をぴたりと閉めた。

このままではすませられない。次に来たときには美味しいと言わせてやる。

さくらは京四郎との勝負を心に誓った。

京四郎が来たきりで後は誰も来なかった。正平はうつらうつらしてばかりで、さくらは正平の前垂れを洗ったり、夜着のほつれを直したりして過ごした。

「そろそろのれんを仕舞いましょうか」

言いかけたとき、色の黒い四十過ぎの男が店に入ってきた。男はなぜか旅装束だった。

「いらっしゃいませ」

にこやかに迎えるさくらを見て、男はぎょっとした顔で足を止めた。

「店を畳むわけにゃいかないじゃろ。手伝いを頼むことにしたんじゃ」

正平の言葉に、男は、へえと、あいまいな返事をした。

「まあ、入れ」

正平はやけに横柄な口調だった。

男は旅装を解いて、小上がりのすり切れた畳の上に座った。やせた男は、まともに目を合わせようとせず、値踏みでもするように、ちろちろ横目で見てくる。

「にんにくが二つ残ってたじゃろ。あれで焼きにんにくでも作って出してやれ。酒は、店に置いてある樽から汲んで、冷やで呑むから用意せんでええ」

正平の指図で板場に立った。にんにくを皮ごと焼いている間に、正平と男は顔を突き合わせるようにして小声で話し始めた。

「早えほうがいいと、江戸に戻ったその足でめえりやした」

「遠方までご苦労じゃったの」

「骨が折れやしたが、脅したりすかしたりして聞き出しやしたところ……」

「おお、やはりそうか。ご苦労だが、続けてもう一箇所も頼むぞ」などと言う声が切れ切れに耳に入った。

火が通ったにんにくの皮をむいて味噌を添えた。にんにくの香ばしい香りは、いかにも精がつきそうだった。

ほかほか湯気の出るにんにくを出すと、男は黙々と口に運んだ。きれいに平らげると、すぐに腰を上げ、いくばくかの銭を正平に手渡してから帰っていった。

小鉢を片づけながら、銭を巾着袋にしまう、正平の手元に目がいった。

「あれ、たった一文しかいただかなかったのですか。お酒も呑ませたんでしょ」

正平は、一瞬、しまったという表情を浮かべた。

「形だけもらうことにしておるんじゃ。金に縁がないしみったれた連中じゃからの」

「あきれた。それじゃ、このお店がやっていけないじゃないですか」

「さくらにはちゃんと晦日日に給金を払う。じゃから、心配せんでもええ」

正平はくるりと背を向けると、枕屛風の後ろから敷布団を引き出して、のろのろと敷き始めた。有無を言わせない様子に、板場に戻って、汚れた鉢や猪口を洗い始めた。

翌日、日がとっぷり暮れてから、遊び人ふうの客が来た。身なりはこざっぱりとしていたが、目つきが鋭く、顎に傷がある、懐に匕首《あいくち》でも潜ませていそうな男だった。

「料理はいらん。酒も冷やで呑むから、さくらは二階で休んでいな」

正平に言われて、前垂れと襷をはずして二階に上がった。

（いったいどないな話、してるんやろ。今度も怪しげな男やし）

自慢の耳を頼りに、階下の話に聞き耳を立てたものの、どうにも聞き取れなかった。

客が帰った後、店土間との仕切りに設けられた出し口から、火鉢の横でごろりと寝転ぶ正平に声をかけた。

「近々、力也がお世話になっている辰五郎親分にごあいさつに行きたいんですが、かまわないでしょうか。朝早くに出て、昼前には戻ってきますので」

「ああ、いつでも行っておいで。どうせ店は暇だしの」

「ありがとうございます。で、手土産になにか料理を作って届けたいと思いますので、板場を貸してくださいませんか」

「いいじゃろう。ただし、料理の材料はさくら持ちだぞ」

正平は夜着をかぶり直しながら返事を寄越した。

京四郎との勝負もできる。一石二鳥だった。今からなにを作ろうかと思えば、わくわくした。

（ちゃんとゆっくり味わいながら食べてもらえるように作るんや。ほんで、絶対『美味い』と言わせたろ）と心に誓った。

女が吉原の廓から出るには大門切手という通行証がいる。翌日、朝五ツ過ぎ、大門切手を出してもらうため、吉原会所へと向かった。

おるいが佐野槌屋の見世先で一人遊びしているかも知れない。江戸町二丁目に近づかないため、お歯黒溝《はぐろどぶ》沿いに、貧相な小見世が並ぶ西河岸を通り、江戸町一丁目から待合の辻に出て、吉原唯一の出入り口である大門へと向かった。

四郎兵衛会所とも呼ばれる吉原会所は、大門に向かって左手にあった。

入り口には、物々しい高張り提灯がかかって、遊女の逃亡を見張っている。会所の向かいには、さくらにとって鬼門である面番所があった。

（あの塚本のあほに会わへんやろか）

険のある顔を思い出すだけで、ぞっとして、晴れた日でも曇ってしまうほど嫌な気分になった。

引手茶屋の山口巴屋の前を通り過ぎて、いよいよ会所へ近づいたとき、面番所の引戸ががらりと開いて、左門がのっそりと姿を見せた。続いて岡っ引きが一人出てきた。

「見世を追い出されたそうだな」

左門がずかずかと歩み寄ってきた。低く、とりもちのように粘つく声だった。

「まあ、よく、ご存じで」

受け流すさくらに、息がかかるほど間合いを詰めてきた。

「呼び止めたのは他でもねえ。おめえ、瓢亭に転がり込んだそうじゃねえか。正平爺さんをたらしこんで、長年の蓄えを我が物にするつもりだな」

左門の卑しい見立てに、吐き気をもよおすほど胸が悪くなった。

「ともかく俺が目を光らせてるから勝手な真似はできねえぜ。よっく覚えときな」

左門は手にした扇子で、右の首筋をぽんぽんと叩き、

「爺さんは心ノ臓が弱ってるからな。いつおっ死ぬか分かりゃしねえんだ。せいぜい大事にしてやんな」と、ついでのようにつけ加えた。

「塚本さまは、小さな居酒屋のお爺さんにまで目を配っておられるのですね。市中に住む人の数は半端ではありませんのに」

皮肉たっぷりに言い返したが、左門は澄ました顔だった。

「余所者のおめえが思うより、お江戸は狭めえんだ。市中の路地の奥、隅々までくまなく知り尽くしてなきゃ、隠密廻りという大事なお役目は務まらねえんだぞ」

肌寒い朝だというのに、左門は扇子をほんの少し広げて顔を扇《あお》いだ。後ろで、破落戸丸出しの人相をした岡っ引きがにやにや笑っている。

「ところで、力也のことだがな。今、どこでどうしているんでえ」

急に力也の話になって、うなじの毛がこわばる気がした。

「俺ゃあ、たくさん手柄を立てたからよ、この若さで隠密廻りってえ、栄えあるお役目を拝命してんだ。はは、それが、とんだ大黒星で首まで危なかったぞ」

隠密廻り同心は、同心の花形と称される三廻り『定廻り』『臨時廻り』『隠密廻り』の中でも筆頭とされ、経験を重ねた年配の者の役目と決まっていた。三十過ぎの左門の

出世は異例だった。

「さぞや、いくつもの大手柄を立ててこられたのでしょうね」

おだてて、話を、力也と縁のない方向にねじ向けた。

「おうさ。で、今は、振袖小僧を追っているんでぇ。必ず大手柄を立ててみせらあ」

左門は得意そうに胸を張った。

「五ヵ月ほど前から、荒稼ぎしているんだがな。忍び入る先が商家なら町方の領分だが、旗本や大名のお屋敷となりゃあ、俺たち町方が手を出せねえから難儀でえ」

左門はいまいましそうに薄曇りの空を見上げたかと思うと、

「なあに、見てな。そのうち、とっ捕まえてみせらあ。探索が難儀なほど、気合いが入るってえもんだ」と歌舞伎役者が見得を切るように言った。

「お役目ご苦労さまに存じます。では急ぎますゆえこれにて失礼つかまつります」

きびすを返そうとすると、左門が、さくらの前に立ちはだかった。

「待て待て。急ぐな。先程の力也の話だがよ、を組に転がり込んだんじゃねえか」

上目遣いにさくらの顔をうかがってきた。

「どうしてそんなに力也の行方が気になるんですか。お得意の市中探索で、難なく見つかると思いますけど」

「やはり図星だったな」

「まあ」

さくらは思わず、袂で口の辺りを覆った。

「俺の目は誤魔化せねえぞ」

「で、力也の居場所を知ってどうなさるのです」

「血の気の多い小僧だからな。危なっかしくて見ておれねえ。道を踏み外さねえよう、この俺が目を配ってやろうというものよ」

左門の意図が読めず、さくらは眉をひそめた。

「この前はな……」左門は首の後ろをこすった。

「力也を引っ捕らえて責めたが、お役目ゆえのこと。佐川との心中でないというなら、力也自ら、身の証を立てれば良かったんじゃねえのかい。弥吉という人形師をかばうにもほどがあるだろうよ。そこまでするものかと、いまだに納得がいかねえんだ」

痛いところを突かれてしまった。軽くいなそうとしたが、顔がこわばって上手く笑顔が作れない。

(もともと嘘やったんやさかいな。つじつまが合わへんわなあ)

佐川『自死』の顚末が、つい昨日のように思い浮かんだ。

吉原随一と謳われた花魁佐川は、大坂で乱を起こして鎮圧された大塩平八郎の縁者だった。お上の手がいつ伸びてくるか知れなくなったため、楼主長兵衛は『自死した佐川の亡骸を、投げ込み寺として有名な浄閑寺に放り込む』という大芝居を打ち、佐川を長兵衛の故郷若狭の国へと落ち延びさせることにした。

長兵衛、番頭の幸助、若い者頭の伝吉の密議を、力也がたまたま立ち聞きし、自ら買って出て謀《はかりごと》に加わった。武芸の心得がある力也が、佐川を甲州街道の内藤新宿まで護衛し、それで万事、終わったはずだった。

だが……生人形の見世物小屋で、佐川と力也に似せた人形が評判を呼んでいたため、市中には、佐川と力也との道ならぬ恋の噂が流れていた。

噂を信じたのか、以前、力也に袖にされたことを根に持っての腹いせか、左門は突如、力也を捕縛した。二人が、時を同じくして別の場所で自死を図ると約束したものの、佐川は死に、力也は死に切れなかったとの見立てだった。

真実を語れない力也は、責め問いされても口を割らなかった。

心中を企てて女だけ死んで男が生き残れば死罪である。さくらから力也の危機を知らされた伊織は、人形師の弥吉として、力也の無実を訴え出た。

——弥吉と力也は衆道の契りを結んだが、弥吉は二年前から松本亀八師匠の娘婿に決まっていた。一座を放逐されては、人形師としての道が閉ざされてしまう。佐川が死んだ晩も、二人は無人の小屋で睦み合っていたが、力也は、二人の仲を知られてはと、密会のことを口にできなかったのだ——と。

だが、左門は弥吉の訴えを一蹴した。

万事休すと思われたときだった。

火消しを組の辰五郎親分が登場し、左門に脅しをかけて強引に事を収めさせ、力也はようやく解き放たれた。

長兵衛は力也の恩に報いるため、玄武館の道場に通うことを許した。だが、お勢以を巻き込みたくない長兵衛は、佐川の素性も、佐川が無事であることも伏せたまま病死した。

無理矢理、事を収めただけに、どこからほころびが生まれないとも限らなかった。

どうあっても蒸し返されては困る。動悸がどんどん増した。

「惚れぬいた相手のためといったって、あまんじて死罪を受け入れるたあ、釣り合いが取れねえ。そこんとこがいまだに得心できねえんだ」

「弥吉さんがいかに命懸けで人形作りに励んでいたかをよく承知していたからでしょう。女にはとうてい分からない、殿方同士の深〜い情があるのでしょうね」

『深い』の一語だけ語気を強めた。

一瞬の間を置いて、左門はふうっと息を吐き出した。

「まあ、そういうことにしてやらあ」

左門の言葉に、肩の力が一気に抜けていった。

「で、振袖小僧の話に戻るんだがな。なかなか姿の良い美男だそうな。もっとも、振袖を衣被しておるから、顔をはっきり見た者がいねえんだがよ」

薄い唇を舌でぺろりと舐めた。左門の唇はいつも紅を差したように紅かった。

「まあ、そんなに美形なんですか」

「忍び入られた先の下僕の話によれば、剣の腕が立つというぞ。なかなか面白い話であろうが。で……」

片眉を上げながら、さくらの顔をのぞき込んできた。

「力也とぴたりと符合するじゃねえか。振袖小僧は、世間を斜めに見て粋がっている餓鬼でえ。芝居がかった衣装で義賊を気取るなんざ、いかにも青いや。なあ」

開いた口がふさがらないとはこのことだったが、左門の鷹のような目は笑っていなかった。怒りと不安がどっと襲ってきて、手の震えを懸命にこらえた。

「怪しいといえば、正平さんが大川から助け上げたという浪人さんなんて、一番、不審な人物じゃないですか。力也に劣らない美男。腕も立つそうですよ」

苦し紛れに、ふと思い浮かんだことを口にした。

「綾野京四郎という浪人者のことか」

「え、ええ」

「あやつは正平爺さんが身元を引き受けておるから、探索するまでもねえやな」

こともなげに言った。

蛇のように執念深い男である。力也に罪を着せようとしているだけなのだ。

「まあよい。いずれ、振袖小僧をお縄にすりゃあ、はっきりすることった」

左門は、不気味な笑みを残して、肩をそびやかせながら歩み去った。

四

四郎兵衛会所で大門切手を頼んだ後、瓢亭のある路地まで戻ってきたときだった。

京四郎の姿がふっと思い浮かんだ。どうしてあんなことを口走ってしまったのか。左門が、京四郎に目をつけるのではないかと、急に気がかりになった。

瓢亭に戻ると、竜次が戸口に近い縁台に腰かけて酒を呑んでいた。

腰高障子が三寸ほど開いているところを見ると、さくらがいつ戻ってくるか、路地を眺めていたらしかった。下品で粗野だが、男気が着物を着たような姿を見ると、ほっとする気がした。

「まあ、こっちへ来て座らんかいや」

竜次が隣を勧め、さくらは半間ほど離れて縁台に腰かけた。

「さっき、大門のところで塚本さまに会いました。まだ力也のことに執心しているみたいで、とても心配なんです。ほんと嫌な男」

「ほんまかいや。難儀やな」

竜次の眉間に、ぎゅっと縦皺ができた。

「なになに、面番所に詰めておる塚本左門のことかな」

小上がりに腰かけていた正平が立ち上がって、よたよた近づいてきた。

「力也絡みの一件なら吉原中の者が知っておる。えらい目に遭わされたそうじゃな」

正平は目を瞬かせながら、腰の辺りをさすった。

「今度は、力也が噂の振袖小僧じゃないかなんて、とんでもないことを言われてしまって……この前のように濡れ衣を着せられないか心配なんです」

「それなら大丈夫じゃ。心配せんでええ。実はの……」

正平はいたずらっぽい目でにやりと笑い、

「左門とは深い因縁があってのう。わしはあやつの弱みを握っておるんじゃ。この先、力也に指一本触れさせせんから安心せい」自信たっぷりに言い切った。

「本当ですか、それを聞いてほっとしました」

口では礼を言いながらも、どうせいい加減な話に違いないと、あきれた顔で竜次のほうに目を向けたが……。

「こない見えて、正平爺さんは、この吉原の顔やさかいな」

竜次までが真面目な口調で太鼓判を押した。

「そう言えば、塚本さまは、正平さんのことをずいぶん気にしておられました」

「そうじゃろ、そうじゃろ」

正平は意味ありげににやりと笑った。

竜次が、立ち上がって裾を払ってから、小さな包みを懐から取り出した。

「これ、さくらにやるわ。『座禅豆』や。昨日、芝口まで行ったついでに買うて来たんや。この豆、食うたら、しょんべんが遠なるんやて。坊さんが座禅してて、途中でしょんべん行きとなったら難儀やろ。ほんで、これ食いよるから座禅豆ちゅうそうや。さくらは二階に寝てるよってにな。夜中に階段下りて外の厠に行くっちゅうときに、寝ぼけて転びさらしたらあかんと思てな」

「そんな効き目があるなんて、ほんとですか。また、いい加減な話じゃないんですか」

「おんどれもたいがい、素直やないな。薬でも何でも信じたら効くもんやで。ほなら、また晩に来たるさかいな」

にかっと白い歯を見せた竜次は、裾を端折るや、つむじ風のように走り去った。

「じゃあ、わたしも買い物に行きますね」

座禅豆の入った竹皮の包みを、袋戸棚に仕舞い込んでから、いそいそ、仲之町と角町との角へ向かった。

昼間だけ市が立つ『肴市場《さかな》』では、毎日、さまざまな魚が売られている。なににしようか、わくわく目移りするうちに、とびきり美味しそうな穴子が目に入った。

（これこれ、『煮穴子の巻き寿司』にしたろ）

穴子を買い込んだ後、江戸町の角に立っている『青物市場』に立ち寄って、青々した浅葱《あさつき》と、今が旬の、きれいな薄紅色をした新生姜を買い込んだ。

瓢亭に戻ったさくらは、生姜を甘酢漬けにしてから、穴子をさばき始めた。

お客は来ず、昼餉は焼き穴子の丼とすまし汁にして、夕餉はからし茄子と湯豆腐、ご飯と味噌汁で終えた。酒を少し呑んだ正平は、寝床に潜り込むと、すぐにいびきをかいて寝入ってしまった。

さあ、作るぞと、さくらは腕まくりした。

瓢亭には佐野槌屋ほど大きなお釜はない。ご飯を二度炊いて大量の酢飯を作った。ご飯の熱さに酢の香りがきつく鼻を刺して、美味しい寿司ができることを予感させた。

穴子を大鍋で甘辛く煮ていると、夜四ツを過ぎて竜次がやって来た。

「この頃、お見世の様子はどうなんですか」

煮穴子の味を確かめている竜次に尋ねた。

「今日になって、喜左衛門のぼけなすが、千歳の突出しをやめるて言い出しよったんや。ほんで幸助はんとえらい喧嘩になってな」

「じゃあ、千歳ちゃんは呼出し昼三になれないじゃないですか」

突出しでは、七日間に亘って、豪華絢爛な花魁道中を繰り広げて、懇意な茶屋に挨拶回りをするなど、多額の費用がかかった。

「二百両から五百両かかるさかいな。見世からそんな金、出せんっちゅうわけや」

「佐川さんが残していったお金があるじゃないですか」

「佐川はんが残した金は、今や見世のもんっちゅうわけや。ほんで……姉女郎が費用を負担するしきたりやのに、おらへんようになったんやから突出しはでけん言うとるんや」

「なんだか理屈がめちゃくちゃですよね。」

「そやろ。わいかてだいぶと噛みついたんやけど、馬耳東風や」

「千歳ちゃんは、さぞがっかりしているでしょうね」

「千歳はなんも言わんけど、そら顔見たら分かるがな」

「振袖新造になってすぐ、三ツ歯の高下駄で歩く練習を始めて、やっと外八文字の歩き方もさまになったっていうのに……」

「千歳は、どないしても呼出しにしたらなあかん。佐川みたいに、佐野槌屋を盛り立てる花魁になる上玉やさかい、ちゃんと突出しをせなあかんのや。幸助はんはじめ見世の皆も同じ気持ちやよってに、今、もめにもめてるっちゅうわけや。わいかて黙ってへんで」

　そこまで威勢良く言ってから、急に沈んだ声音に変わった。

「ほんで、袖浦のことやけどな」

「袖浦ちゃんもそろそろ袖留をして座敷持ちになると聞いていましたが……」

「喜左衛門が突然、しょうもない小見世に売り飛ばしてしもたんや。昨日の朝、泣く泣く、伏見町の小倉屋に連れられていきよったわ。売れんと分かってる女郎を置いとく気はないそうや」

伏見町の小見世は、同じ小見世でも、大きな通り沿いにある『大町小見世』と呼ばれる小見世とは大きさも格式も劣っていた。

「わいらも、袖浦本人も、小倉屋と話がついた後で聞かされたんや。喜左衛門のあほんだらが、こそこそ事を運びよったさかいに、わいらかてどうしようもなかったんや」

「ひどい」

お腹の中が煮えくり返り、おたまを持つ手がぶるぶる震えた。

「裏通りにひしめいてる切見世《きりみせ》やのうて、ましやて思うしかあらへんな」

「佐野槌屋は、質の良いお客さんばかりですけど、小見世のお客さんは気の荒い職人が多いと聞きます」

「一晩に何人もの客を相手することになるわなあ」

二人とも手が止まり、顔を見合わせながら同時にため息をついた。

「佐野槌屋で、華やかに働く日を夢見て、禿のときから頑張ってきたんでしょうに……」

見世を移ったからといって、袖浦との縁が切れたわけではない。

（今すぐなにかできるわけやあらへんけど、袖浦ちゃんを助けなあかん）

袖浦のおっとりとした、人が好さそうな笑顔を思い浮かべた。

またまた二人して押し黙ってしまった。

ぐつぐつ煮え立つ鍋からは、得も言われぬ良い匂いが立ち上ってくる。

「江戸のもんには、もうちょっと甘辛いほうがええで」

竜次が穴子の鍋に醤油と砂糖を足した。

「喜左衛門のために、佐野槌屋がめちゃくちゃにされそう」

「千歳を、佐川みたいに、花魁道中ができる呼出し昼三にしてやらなあかん。これだけは絶対や」

竜次は何度もうなずいた。

「このままだと喜左衛門に、お見世を乗っ取られてしまいます。今はまだ後見人だから、幸助さんたちも刃向かいようがあるでしょうけど、主に納まったらもうどうしようもないですよね」

「お勢以はんは今のところ、親父はんに操を立てて頑張ってるけど、いつまでも拒み切れんやろな」

二人が夫婦になれば、お勢以の怒りを解いて見世に戻ることなど、夢のまた夢になってしまう。

だが、落ち込んでいる場合ではない。おるい、そしてお勢以を守りたい。

おせっかいの虫が、負けるなと叫びだす。さくらは拳を強く握りしめた。

「旦那さんの親族筋は、弟である喜左衛門と女将さんが夫婦になって佐野槌屋を継げばいいって、簡単に考えているんでしょうけど、旦那さんとは似ても似つかない、とんでもない男だって分かりながら判を押したんでしょうか」

「それについてなんやけど……」

竜次が急に顔を寄せてきた。

「喜左衛門は、親戚連中に頼まれてうちの見世に来たっちゅう触れ込みやし、確かに連中の判ももろてるんやけどな。幸助はんがどうにも納得でけんて言うてるんや」

「それはほんとうなんですか」

「親父はんの葬式に、親戚が集まったとき、弟やさかいに喜左衛門を後見人にしたら丸う収まるて言うたもんもおったけど、絶対あかんて反対しよった親戚が三人もおったんや。そやのに、喜左衛門は七人全部の親戚から判を集めて来よったんや」

「その書面、喜左衛門が勝手に作ったなんてことは」

「いや、判もあるし、署名した文字かてそれぞれ違う手蹟やねん」

「親戚の人たち、特に反対していた人たちに確かめればいいじゃないですか」

「親戚は、皆、遠方に住んどるさかい、幸助はんやわいらは仕事があって、確かめに行けへんねん」

「文で確かめるといっても、脅されていないかとか、騙されてないかとか、微妙な話を聞き出すのは難しいでしょうね」

「ほんでな、その件で、幸助はんが誰ぞに相談してたみたいや」

「誰って？」

「それは……聞いても言うてくれんかってん」

途端に歯切れが悪くなった。

「またいい加減な話じゃないんですか」

「幸助はんの考え過ぎかもしれんしな。それに……」

竜次は、きれいに剃り上げたあごをつるりと撫でた。

「突出しをやめる話かて、喜左衛門がただ言うてるだけに終わるんちゃうかいな。一番の後ろ盾の惣兵衛はんが、白水屋の旦那はんが亡くなったちゅうて京の本店に戻ってて、突出しの日の直前まで戻らんそうや。喜左衛門かて、こないに大事な事を、なんぼなんでも際になってから言い出すわけにはいかんやろ」

「なるほど。それなら、ちょっと安心しました」

「大丈夫や。わいや幸助はんがいてるんや」

竜次は、一、二度、肩を上下させてから、いつもの大声に戻った。

「うだうだ言うててもしょうない。ぼんやりしさらさんと、せっせと巻かんかい。夜が明けてまうで」

竜次の叱咤で気を取り直したさくらは、煮穴子の巻き寿司をどんどん巻きはじめた。

気がつけば、簀の子の上、大皿の上に大量の巻き寿司ができあがっていた。

「巻き寿司を切るんは持って行く直前のほうがええで。今晩はここまでにしとこ」

「明日の朝までかかるかと思いましたが、おかげさまで早くでき上がりました」

額の汗を前垂れでぬぐった。

「ちょっと味見してみよや。腹が減ったさかいな」

一本だけ切って皿に盛った。浅葱の香りと緑の色が食欲をそそる。

「見かけと匂いだけは上出来やな」

「美味しいに決まってますってば」

言い合いながら、一切れ口に入れてみた。

「穴子に味をしっかりつけて良かったですね」

「酢飯と浅葱に、穴子の濃い味がしっくり合うとるやろが」

「おいっしい〜。酸っぱくてきりっとしまった味のご飯と、ふっくら柔らかくて甘辛い穴子。お互いの持ち味の綱引きが、なんとも言えませんね」

互いに大きくうなずき合った。

京四郎も、今度は美味しいと言うに違いないと思うと、今からわくわくしてきた。

五

翌朝、たくさんの巻き寿司を切ってお重に詰めた後、一晩漬けた生姜の甘酢漬けを角切りにして端っこに添えた。桜色の生姜が可憐で、地味な彩りの巻き寿司を、見た目も美味しそうに引き立たせてくれた。

「夕餉は自分で茶漬けでもするから、ゆっくりしてきたらええ」

正平の明るい声に送り出されたさくらは、大きな風呂敷包みを担いで、吉原田圃《たんぼ》の中の道を辰五郎一家へと向かった。辰五郎一家を訪ねるのは二度目だった。

（あのときは、力也と一緒に、謝りに行ったんやさかい、どきどきしたけど）

ずいぶん前のように思えたが、半年も経っていなかった。

辰五郎と対峙したときと同じ座敷に通された。庭に面した障子は開け放たれ、座敷にも日が差し込んで明るかった。あの折は長く待たされたが、今日は、にこやかな顔の辰五郎が、神棚の下、長火鉢の向こう側に鎮座して待ち構えていた。

「よく来たな。来てくれて嬉しいぜ」

辰五郎は煙管をくゆらせながら、好色な目でさくらを見た。不快な好色さではなく、女と見れば、ちょっかいを出すことが礼儀と思っている無邪気さが感じられた。

「先生と力也は、稲荷裏の空き地で稽古していてよ。戻ってきたばかりなんでえ。茶でも呑んで待つとしようぜ。ところで、近頃はな……」

二人を待つ間、辰五郎の自慢話を延々と聞かされるはめになった。いかに実入りが良いか聞かせてから、女にもてる話と、囲った女たちをいかに手厚く養っているかを得意げに語った。あきれながら聞き流していると、

「さくら、待たせたな」

力也の凜とした声とともに、二人が姿を現した。身体を拭いて着替えたらしく、こざっぱりとしている。力也は、辰五郎にあつらえてもらったのか、真新しい上物の小袖を着ていた。京四郎は、またも黒い小袖の着流し姿だった。

「ようやくそろったな。じゃあ、土産をいただくとするか。てめえら子分どもにも分けてやるから、ありがたく相伴するがいいや」

辰五郎の言葉に、子分たちが、お重を七段、奥の部屋へと運んでいった。

さくらは残り三段のお重の蓋をおもむろに開いた。美しい色目が目を惹き、辰五郎が身を乗り出した。ついでに舌なめずりする。

「こりゃあ、美味そうでえ」

辰五郎は目を細めながら、一つつかんで口に運んだ。

「この前の茶飯も美味かったが、今度はもっとうめえや。中に入った穴子がとろ〜り肉厚、身はぷりっぷりでたまらねえな。さくらもずいぶんと腕を上げたもんだな」

豪快に笑う辰五郎に、

「お口に合えば幸いです。おほほ」と袂を口に当てて、しなを作った。

「さくら、ちっとばかり料理が上達したんじゃねえか。穴子が口ん中で、とろんととろけて風味まろやかってか。浅葱の彩りと香味ってのも、やるじゃねえかよ。これなら四文くれえ、銭を出してやってもいいぜ」

ぱくつきながら、力也がえらそうな口をきいた。

「それは良かった。この前、京四郎さんが瓢亭に来られたとき、たたき豆腐と味噌汁を出したけど、口が肥えておられるのか、下賤な味がお気に召さなくてね。料理が下手で申し訳ないと思ってたんだけど……」

ちらりと京四郎に目をやりながら言った。

「ねえ、先生、この巻き寿司、美味えだろ」

力也が同意を求めるように、京四郎の顔をのぞき込んだ。

京四郎は、さくらのほうに目を向けようとせず、黙々と巻き寿司を食べている。やはり、味わうどころか、腹を満たすために、胃の腑にただただ詰め込むといった食べ方だった。

(ほんまに感じ悪い人や。外見に似合わず、食べ方がえらい下品やし)

餅を焼いたときのように、怒りがぷうっとふくれあがった。

巻き寿司が食べ尽くされた頃、力也と京四郎の間で、突然剣法談義が始まった。京四郎は、剣の話になると、人が変わったように饒舌になった。

京四郎の力也を見る目はあくまで優しい。少なくとも力也にとっては良い人なのだと考えながら、二人のやりとりをぼんやりながめていると、辰五郎が、ゆうゆうと紫煙をくゆらせながら話しかけてきた。

「この先生は、どうにも堅物でいけねえ。吉原で遊んでこいと小遣いを渡すんだがな。

大門をくぐったって出向くのはあの瓢亭だけでな。一緒に出かけた子分どもも呆れてらあ」

　辰五郎が愉快そうに、だが、いかにも不思議そうに言った。

「近在の素人娘だって放っちゃおかねえやな。やれ付け文だの、なんだのうるせえこったが、先生は歯牙にもかけやしねえ。まるで石部金吉金兜でえ」

　辰五郎の言葉に、さくらは心の内で膝をぽんと叩いた。塚本のように衆道を好む人なのではないか。だから、類いまれな美少年の力也に目をかけているのだ。女は見るも汚らわしいと思っているから、目も合わさないのだと思えば、すべてに合点がいった。

「京四郎さん、力也は見込みがありそうなのですか」

　答えずにおれないことを尋ねると、たちまち京四郎の視線が定まらなくなった。

「ねえ、先生、どうなのですか。　教えてくださいよ」

　力也が期待に満ちた目で京四郎の顔をのぞきこむ。京四郎は、ようやく、さくらのほうに膝を向けた。だが、視線はあくまで合わそうとしない。

「拙者の見立てでは剣の才があると見受けもうすが、今後の精進しだいであろう」

　おごそかな口調で答えると、膝を力也のほうに向け直した。

「先生、それは本当かい。俺には絶対、そんなふうに言ってくれなかったのに」

力也がすねたような顔で京四郎をにらんだ。目尻が嬉しげに垂れている。

「ふっ。これはしまった。つい、本音を言うてしもうた」

京四郎はうつむき加減のまま、ふっと白い歯を見せた。

難のない取り澄ました顔が一瞬で崩れ、品のなさゆえの気安さが感じられた。人形のような顔から生身の人間らしい親しみやすさがのぞいた。

（なんや。こないな人やったんか。すましてばっかしやからすっかり騙されてたわ）

独り相撲させられた仕返しに、もっと困らせたくなった。

「京四郎どの、わたしの父平山忠一郎は、大坂で町道場を営んでおりました。父から手ほどきを受けましたゆえ、わたしも、少々、武芸の心得がございまする」

あらたまって、武家の娘らしい物言いで語りかけた。

「さくらどのが武芸の心得とな」

京四郎は思わず興を惹かれたように身を乗り出した。待ってましたとばかりに、さくらは心の中で腕まくりした。

「たいした腕ではございませぬが、新陰流の小太刀を少々。京四郎どの、今度はわたしにも稽古をつけてくださりませぬか。瓢亭においでの節でけっこうですので」

さくらの言葉を聞いて、京四郎の顔にたちまち狼狽の色が浮かんだ。

「木刀で思い切り打ち合うのです。今日、半刻ほどの稽古でさえ、力也の身体には打ち身の痕がいくつもついておるはず。もしも、女子であるさくらどのの顔に、傷を負わせることでもあれば、取り返しがつきませぬ」

「いまさら顔の傷など、気にする歳でもありませぬ。わたしはもう、行き遅れの、三十歳の大年増なのですから」と畳みかけると、

「なんと！　三十路とな」

京四郎は、鳩が豆鉄砲を食らえば、このようになるのかというような顔をした。

「言ってなかったっけ。さくらは先生より六つも年上なんだよ」と力也が口をはさんだ。

今度はさくらが驚く番だった。

「ええっ。京四郎さんは二十四歳なんですか。落ち着きがあるので、とっくに三十を過ぎていると思っていました」

さくらの言葉に、京四郎は、軽いはにかみと、困惑が入り交じった顔をした。頰にぱっと散らしたように朱が差した。

ちりーん。どこからか、季節外れの風鈴の音が聞こえてきた。

「馳走になった。ではこれにて御免」

京四郎は大刀をつかんですっと立ち上がると、座敷を出ていった。

（なんや、案外、可愛い人やん）

心の中で、大嫌いな男から、力也を弟のように可愛がってくれる、好もしい若者へと変わっていた。

「なあ、さくら」

辰五郎はさくらに向かって、思い切り柔和な笑みを浮かべた。どすの利いた声と取ってつけたような満面の笑顔の落差に、噴き出しそうになってうつむいた。

「力也に案内させるから浅草見物をしていきねえ。ゆっくり遊んで帰りゃいい。重はかさばるから、明日返しに行かせらあ」

辰五郎は懐から、粋な手付きで長財布を取り出した。凝った模様の浮き出た鹿革の財布は、甲州印伝と言われる上等な品だった。

「おい、力也。この銭で、さくらに浅草界隈を案内してやんな」

いくばくかの金を懐紙に包んで、力也に手渡した。

力也とどこかに出かけるのは初めてだと思えば、急にうきうきしてきた。

「じゃあ、お言葉に甘えます。のんびり浅草寺に詣でてから帰ります」

「そうしねえ」

辰五郎は目を細めてうなずくと、力也に慈父然としたとびきりの笑顔を向けた。

「なあ、力也、夕飯もどこかで食うといいや。で、帰りは送ってやんな。瓢亭まできっちり送り届けてやるんだぞ」

「分かりやした」

力也が弾んだ声で大きくうなずいた。

伝法院の広大な庭の中の道をたどって、浅草寺の本堂に参った後、本堂の奥、浅草奥山と呼ばれる遊興の地に足を踏み入れた。

奥山は相変わらずにぎわっていた。水茶屋では、着飾った娘たちが愛想良く客を迎え、大小さまざまな見世物小屋からは、呼び込みの声が響いてくる。講釈、蝦蟇の油売り、手品、こま回しなど、大道芸の周りに人が大勢集まって拍手喝采をしていた。

(あそこに生人形の小屋があって、武田伊織さまと再会したんやったなあ)

今は軽業の高小屋が建っている辺りを見て、大きな吐息をついた。吐息は砂糖のように甘くもあり、青じそのようにほろ苦くもあった。

見世物小屋にいくつも入った後、水茶屋でお茶を呑み、大道芸をゆっくり楽しむうちに、あっという間に刻が過ぎて、夕七ツの鐘が聞こえてきた。

「ねえ、力也。そろそろ帰らないと」

「晩飯がまだだぜ。晩飯を食わせてやらなきゃ、俺が親分に叱られらあ」と、強引に連れて行かれた先は、浅草田原町にある軍鶏《しゃも》鍋の店『玉よし』だった。

「わたし、鶏肉が苦手だし、軍鶏なんて食べたことないし」

「いいから、いいから。料理人を目指してるなら、何でも食わなきゃ。ほんとは獣肉屋《ももんじや》が良かったんだ。これでも気を使ったんだぜ」

「でも、軍鶏鍋なんて高いんでしょ。その辺にある屋台の蕎麦屋でもかまわないのに」

「いいってことよ。さくらにゃなにかと世話になってるんだ。それに、銭は辰五郎親分の懐から出てるから、気にすることはねえやな」

力也はどんと胸を叩いた。

「力也はこの店に入ったことがあるの」

「ああ、親分と何度か来たことがあるんでえ。この店の味にゃ、俺が太鼓判を押すぜ。なんたって、俺は向嶋で名高い料亭『丸忠』をやってた親父の息子でえ。料理はしなくたって、味にゃうるせんだ」

「そんなに言うんだったら、しょうがないから入ってみるかな」

暖簾をくぐって二階に通されると、座敷は衝立で仕切られ、訳有りそうな男女や、子供連れの夫婦が、楽しげに鍋をつついていた。甘い良い匂いが鼻をくすぐる。

「軍鶏鍋の元祖は人形町の『玉ひで』だがよ。あそこはお鷹匠が始めた店なだけに、ちっとばかし敷居が高くてよ。けど、この玉よしだって味じゃ引けを取らねえぜ」

味が負けてないって言うけど、玉ひでって店に行ったことはあるの――

からかおうとしたが、

(伯父さんの羽振りが良かった頃、玉ひでに連れていってもらったんやな)

さくらは口をつぐんだ。

浅い鍋に割り下を入れて煮立て始めた。

「どれどれ」

味が気になって鍋に箸を浸けて味見してみた。

「醤油と味醂で味つけしてあるのね」

「そうそう、玉ひでは、醤油と味醂の割り下を使うのが自慢だけど、この玉よしもそうなんだぜ。醤油も味醂も日持ちしねえから、割り下に味噌や砂糖を使ってる軍鶏鍋屋ばっかなのによ。すげえだろ」

力也は煮立った鍋にまず長葱を入れた。そこへ軍鶏の肉を放り込む。麩も加えた。

「肉はぐつぐつ煮込むんじゃねえんだ。色が変わったらさっと引き上げて、ふうふういいながら食うのが一番でえ」

つやつやした赤い肉が、見る間に綺麗な桜色に変わっていった。色が変わる間も惜しんで、力也がぱくつく。

「この匂い。この匂いがたまらねえんだ。体中に生気がみなぎってくらあ」

力也の目は鍋に釘付けだった。じっとしていられず、絶えず身体を揺らしている。

「なんともたまらない匂いだけど……」

首が妙に長く、奇妙な姿をしている軍鶏を思い浮かべると、ためらってしまった。

「食わねえなら、俺が全部、食っちまうぜ」

力也は鍋に肉をどんどん放り込んだ。

(力也ばっかし美味しそうに食べてからに。自分が食べたいからこの店選んだんやろ)

力也をにらんだが、肉を食べることに夢中でまるで気づかない。

ぐう。

お腹の虫が大きな声で鳴いた。部屋中に立ちこめる甘辛い匂いに、とうとう我慢できなくなった。

「軍鶏肉が嫌なら、肉だけ食べなきゃいいんだしね」

麩だけ口に入れて味わってみた。煮汁がじゅわんと口の中に広がった。

「どうでえ」

「軍鶏のうまみがしっかり染み込んでるよね。普通に甘辛く煮た麩とは全然こくと風味が違っているね」

　桜色に色づいた軍鶏肉がさくらを誘う。

（鶏は苦手だけど全然、食べられないわけじゃないし、鳥には違いないいんだから）

　おっかなびっくりで軍鶏の肉をつまんで、ほんの少し口に入れてみた。

「うわ。美味しい」

　煮魚とはまるで違う、濃厚な味に驚いた。歯応えが、普通の鶏とは大違いである。

「嚙めば嚙むほど、じんわりと、何ともいえない味が出てくるだろ。軍鶏は普通の鶏とは違わあ。闘鶏って知ってるだろ。鶏が町人なら、軍鶏は武士ってえわけで、鍛錬してるから肉が締まってるんだ」

　葱が軍鶏の味を吸い込んで、異様に美味しい。

「粉山椒をかけてみな。味が変わってうめえぜ」

　力也の勧めで粉山椒をかけてみた。ぴりっとした刺激とほのかな香りで、軍鶏の肉がまたひと味違う美味しさに変わった。

「食べず嫌いは駄目よね」

　力也に負けじと鍋をつつく。

「あのさあ、ああ見えて京四郎先生って味音痴なんだぜ」

力也は口をもぐもぐさせながら、思いがけないことを言い出した。

「え、それはどういうこと？」

口の中に食べ物が入ったまま、もごもご聞き返した。

「食えりゃ良いっていうか、お上品な料理なんてもんは苦手らしいぜ。記憶がねえって聞くけど、きっと小せえ時分から食うに困るようなひでえ暮らしだったんだろうな。俺なんぞ、親父が向嶋の店を畳んで逼塞《ひっそく》するまで、お坊ちゃまで育ったから、めっぽう舌が肥えてるんだけど、先生はその真逆ってえわけさ」

「じゃあ、わたしの料理を不味いって言ったのも、味音痴だったってことなんだ」

なんだか馬鹿らしくなってきた。

「さくらは、遠回しに、自分の料理は、絶対に美味いはずって言ってんのかよ。まあ、素人にしちゃ美味いけど、俺に言わせりゃまだまだだな」

「もうっ。いつも美味しいって言ってたくせに」

言い合ううちにも、鍋の中身がなくなっていった。

「食った、食った」

「美味しかったね」

食べ終わってひと息つきながら、出されたお茶を呑み始めた。肉の濃厚さの後に呑む渋めのお茶が、喉や胃をすっきりさせた。

「佐野槌屋のこと、竜次さんから聞いたんだけど、力也は知ってる？」

袖浦のこと、千歳の突出しのことを手短に語った。

「俺も加勢してやらあ。今すぐ喜左衛門の大馬鹿野郎にねじ込んでやる」

若さゆえの直情径行さに、さくらはぞっとした。

「そういうところが、力也の悪いところよ。もし、殴り合いになって、喜左衛門に怪我でも負わせたら大変じゃない」

あの塚本左門が手ぐすね引いて、力也の落ち度を探そうとしているのだ。

「馬鹿。俺だって餓鬼じゃねえや。脅しをかけるだけでえ」

「つまり、辰五郎さんの威を借りるつもりね。そういうやりかたも辰五郎さん仕込みってわけ？　やっぱり辰五郎さんのところに厄介になるのは良くないよ」

「何を！　おめえは俺のおふくろでもなきゃ姉ちゃんでもねえくせに」

力也は膝立ちになってにらんだ。さくらもぐっとにらみ返す。

「なによ。なら、もうけっこうです。わざわざ吉原まで送ってもらわなくたって大丈夫。子供や若い娘じゃないんだし」

「ああ、ああ、さくらは腕に覚えがあるんだからな。分かった。勝手に帰《け》えんな」

「力也に送ってもらおうなんて、端から思ってなかったんだから」

後は、押し黙ったまま、鍋の端にこびりついた肉の欠片や葱を食べた。煮詰まった滓《かす》のような葱は、濃厚な味がぎゅっと詰まって、格別に美味しかった。

「今から帰りゃ、日が落ちるまでに一稽古できらあ……と思ったけど、京四郎先生は確か、夕七ツ過ぎに出かけると言ってたっけ」

力也は独り言をつぶやきながら階段を下りていった。さくらも後に続く。

「あばよ。さくら、もう来《く》んな」

力也は二人分のお代を投げ出すように払うや、一目散に帰ってしまった。

六

浅草寺詣での土産に、老舗『金龍山』で『浅草餅』を買ってから帰路についた。

(遅なってしもた。早よ帰らな、心配しはる)

吉原田圃の中を通る道を吉原目指して急ぎ足で歩く。

暮れ六ツを告げる鐘の音が聞こえてくる。点在するこんもりとした雑木林が黒く沈んで、夕映えを際立たせていた。鳥が鳴きながらねぐらへと戻っていく。

日が暮れ出すと早い。たちまち道は薄暗くなった。畑から引き上げる人の姿も消えて、風が肌を刺すように冷たくなったが、ほてった頬にはかえって気持ちが良かった。裾の乱れも気にせず、早足でずんずん歩く。

田畑の向こうは吉原の廓だった。大門まで回らなければならないものの、距離にすれば一町余りしかない。左に吉原の妓楼の甍、右手に広大な武家屋敷を見て、田畑にはさまれた道を行く。吉原の廓から、にぎやかな音曲が響いてくる一方、大名屋敷など四しかない武家地からは、灯りの色さえ漏れず、誰も住んでいないように静まり返っていた。吉原の灯が恋しい。さらに足を速めた。

いきなり道を横切るものがあり、思わず声を上げた。走り去った影は、どうやらイタチらしかった。

「もうっ。びっくりするやんか」

日頃封印している大坂弁が口をついて出たそのとき、目の隅になにかが動いた。

一町余り先の大名屋敷の塀の上に、ひらひらとひらめく物があった。人影が、丹波柏原藩下屋敷の塀をひらりと乗り越えて、入会地《いりあいち》に飛び降りる。

下屋敷は二千六百坪もあり、吉原の町筋一つがすっぽりおさまるほどの広さがあった。

人気も極端に少なく、広大な庭や田畑が敷地の殆どを占めている。

地面に降り立つと同時に、ひらひらしていた物が、ふっと見えなくなった。

(振袖小僧や)

あれは、衣被にした振袖に違いない。ひと仕事終えて屋敷の外に逃れ、目立つ振袖を素早くたたみ込んだのだ。

裾を素早くからげた。田圃に踏み込み、あぜ道を踏み外しそうになりながら走った。幸い雲はなく、上弦の月が精一杯光を放ち、星明かりも頼りになった。

振袖小僧もさくらに気づき、塀沿いに素早く駆ける。角を曲がってふっと姿が見えなくなった。

息を切らせながら、屋敷地の裏手までたどり着いた。長く続く土塀は夜目にも崩れが目立った。どの大名も金に窮していて、下屋敷にまで手が回らないのだ。

影が塀沿いに逃げていく。塀の角を曲がった。塀までたどり着くと、さくらも急いで曲がる。浅草寺領の町屋、浅草田町一丁目の一角に、ついっと溶け込む小さな影が見えた。町屋までまだ一町余りある。さくらは足を止めた。

振袖小僧は、すぐ目と鼻の先に現れて、幻のごとく闇に消えてしまった。

さくらはひとより五感が鋭く、夜目も利く。するりと細身の身体をなぞるように滑り落ちた振袖。薄闇の中でさえ鮮やかに見えた色目が、くっきりと脳裏に焼きついた。

夕闇はまだわずかに青みを残していた。はぐれた烏が一羽、鳴きながら西の空に溶け込んでいく。

夜中なら、物色するために灯りが要る。灯りは要らないが、人の姿が判別しにくくなる黄昏どきに忍び込んで、闇に紛れて逃げ去るのは上手いやり口だった。一方で……千両箱どころか、大きな荷物さえ担いでいなかった。こぢんまりとした盗みを働いて、貧しい者に、いくばくかの銭を施し、良い気になっている小悪党なのに違いない。

元の道に戻り、浅草田町の町屋を抜けて日本堤に出た。堤の両側には茶屋が並び、遊客たちが同じ方に向かって歩いている。駕籠に提げられた提灯がぷらぷらと揺れる。のんびり歩く人たちの間をすり抜けるようにして、衣紋坂から五十間道をたどって大門をくぐり、せかせかした足取りで瓢亭に戻った。

居酒屋瓢亭と墨書された腰高障子の内には、温かな灯の色があった。立ち止まって上がった息を整えた。髪の乱れを直し、からげたままだった裾をおろして埃を払う。

土間には人気がなかった。板場で、いつものように、だご汁を作っているのだろう。声をかけながら板場に入ったが、正平の小柄な姿はなかった。

裏口の引戸が閉まっていて、正平が誰かとひそひそ話す声が聞こえてきた。相手の耳障りなねっとりとした声に聞き覚えがあったが、小声なのではっきりしない。

「この盆暗。そんな馬鹿げたことを言い出すたあ、どういう了見でえ」

正平が相手を威圧しているふうだったが、

「俺の目だって節穴じゃねえやな」と相手も臆していない。

「そう思うなら、どこなりと勝手に探りゃいいさ」

正平が吐き捨てるように言い、相手は言葉に詰まったと思うと、

「きっと暴いてみせますぜ」

脅すような声音で低く言った。

「じゃあ、やってみるがいいや。やれるもんならな」

正平の鋭い語気には古武士を思わせる凄みが感じられた。

「怪しいと思えば、蛇のように追うのが俺の身上でえ」

ここまで聞いて、ようやく、相手が隠密廻り同心塚本左門だと気がついた。

「好きにしな。けど、仮にそうなら、いったいどうしようってんだ」

左門はしばらく押し黙った後、

「今まで、わたしのためにしてくださったことは、ありがたいと思っております。ですが、うやむやにはできませぬ。いかに処すべきかは、真相が明らかになった後のことで

す」

武家らしい丁寧な物言いに改め、きっぱりした口調で言い切った。

「父上、それでは御免」

歩み去る左門が口にしたひと言に、さくらはぐらりとめまいを覚えた。

正平は塚本の父親だった。だから、左門は、色仕掛けで正平の蓄えを盗むなと、わざわざ釘を刺したのだ。騙されたという言葉が、頭の周りをぐるぐると回った。

（竜次さんも絶対、知ってたはずや。竜次さんまでわたしに黙ってたやて許せんわ）

竜次の能天気な顔が思い浮かんで、腹が立ってきた。

引戸がきしみながら開き、正平の小さな目が目一杯見開かれた。

「話を聞いていたのか」

声が震え、渋紙色の顔が、さらにどす黒くなっていた。

「正平さんは、塚本さまのお父上だったんですね」

正平は、打たれた犬のように怯えた目でさくらを見た。

「まあ、遅かれ早かれ、知られてしまうもんじゃったがの」

板場の土間に、よたよたと足を踏み入れた。

「お土産に浅草餅を買ってきましたから、一緒に食べましょう」

よろける正平を支えながら、小上がりに座らせた。

「さあ、どうぞ」

借りてきた猫のようにちょこんと座った正平に、浅草餅と淹れたてのお茶を勧めた。

「浅草餅か。久しぶりじゃのう。綾乃が好きじゃったから、よう買うてきてやったが」

正平は遠慮がちに餅に手を伸ばした。指先がおかしいほど震えている。

「金龍山の浅草餅って、餡が入った揚げ餅だったんですね。名前は知ってましたけど食べるのは初めてです」

「胡麻油の香ばしい香りがええのう。食欲をそそる匂いじゃ」

「揚げてあるから、表面はからり、さくさくっ。中は餅がとろ〜り。で、こし餡のはんなりとして上品な甘さ。上手く合っていて、ほんと美味しいですね」

浅草餅にはまだわずかに温かさが残っていた。

「懐かしい味じゃのう」

お茶を呑む正平の横顔を見ながら、さくらも熱いお茶をすすった。

浅草餅の甘さで気持ちが落ち着いてきたのだろう。先に口を開いたのは正平だった。

「すまんかった。左門を毛嫌いしておることは知っておったからの。竜次に口止めしておいたのじゃ。むろん、左門にも口止めした。ばれれば出て行くに違いないと、ずっと気に病んでおったんじゃ」

「正平さんは正平さんです。息子さんの塚本さまとは別じゃないですか」

「そう思うてくれるかの」

正平は骨張った手で、しわしわの額をさすった。

「客というのは、同心時代に手なずけた悪《わる》どもじゃ。あやつらから、裏街道での耳寄りな話を集めておるというわけじゃ」

「だからろくにお代ももらわなかったんですか」

「礼金を先に渡し、さくらの手前、形だけ払わせておったのだ」

「ほんと騙されてました」

笑いながら、正平の湯呑み茶碗にお茶をつぎ足した。

「あやつらから知り得た事を左門に流しておった。お陰で、あの若さで隠密廻りに抜擢されおったというわけじゃ。推挙された折は、我が事のように嬉しかったもんじゃ。子故の闇とは、よう言うたものよの」

「子故の闇って、親が子を思うあまり、思慮分別がつかなくなることでしょ。正平さんは違うと思います」

うなずきながら微笑みかけると、正平は目をうるませた。

「どうか、左門のことを許してやってくれんか。力也の一件は、水に流しておくれ。生真面目で融通がきかないが、決して悪い男ではないのじゃ」

正平はさらにくどくど弁解した。風が表の戸障子をかたかたと揺らす。今夜は冷え込みそうだった。

「ところで……振袖小僧が、出雲守さま下屋敷の塀を越えて逃げ去るのを見ました」

「なんと、で、お上には報せたのかえ」

さくらの言葉に、正平は亀のように首を突き出した。

「誰にも話してません。振袖小僧って、人を殺めたり、怪我を負わせたりしないんでしょ。それに、義賊って噂じゃないですか」

「五年前にお仕置きになった鼠小僧次郎吉なんぞは、義賊でも何でもなくての。盗んだ金を博打や女のために使うておった。じゃが、振袖小僧は違う。困窮しておる者に、ちゃんと分けてやっておるんじゃ。まあ、わしの話は左門の受け売りじゃがの」

正平は突き出していた短い首を、今度はぎゅっとすくめた。

「すっかり出がらしになっちゃいましたね。お茶っ葉を替えましょうか」

立ち上がって板場に入ったときだった。

格子戸の外に、ちらりと影が動いた。急いで近づいたが、誰もおらず、気配さえ感じられなかった。

小上がりに戻ると、正平はうとうと舟をこいでいた。

左門と何を言い争っていたのか残念ながら、聞きそびれてしまった。

「風邪を引きますよ」

枕屏風の後ろから敷布団を出し、ふらつく正平を抱きかかえるようにして寝かせた後、夜着をそっとかけた。

片づけものをした後、湯冷ましを入れた湯呑み茶碗と、竜次がくれた座禅豆の包みを手に、足音を立てないよう二階に上った。

七

二階の四畳半の障子を開けると、微かに香の匂いがした。

(昨日の晩は全然匂わんかったのに変やな)

匂いは奥の六畳からだった。豆の包みと湯呑み茶碗を鏡台の上に置いて、境の襖を開けてみたが、いつものようにがらんとしてなにもなかった。

「押し入れの中やな」

上段には、さくらが使っている夜具と手行李、下段には古い長持と行李が納められている。行李を開けてみたが、男物の古い小袖や帯ばかりだった。

長持を開けると一気に匂いが濃くなった。古びた畳紙《たとう》に包まれた女物の小袖が何枚も納められている。綾乃のものらしい着物を、一枚一枚、長持の外に取り出すと、どんどん匂いが濃くなった。

一番下に納められた畳紙だけ真新しかった。畳紙を開くと、香の匂いが鼻を強くくすぐった。正平が、綾乃のお気に入りだった着物に焚きしめたのだと思うとほろりとした。

「あれっ」

振袖の袖に抱かれるように、古ぼけた帳面が出てきた。表紙には『りょうりおぼえがき あや』という文字が記されている。手にとってぱらぱらと中身を見た。細かく記されていたのは、料理の材料や分量、作り方だった。

みみずがのたくったような、金釘流で書かれた文字は見るからに幼かった。綾乃が子供の頃から料理好きだったと知って、急に身近に感じられた。

木の芽田楽、白玉牛蒡、こんにゃく葱味噌煮、湯やっこに蓮根梅肉和え……美味しそうな料理がたくさん書きつけられている。うんうんと大きくうなずきながら、帳面を一枚一枚ゆっくりめくっていくと……。

最後に記されていたのは、あのだご汁だった。

簡単にしか記されていない。料理のいろはも怪しい正平には、まるで役に立たなかったのだろうと微笑ましく思いながら帳面を閉じた。

「それにしても豪華な振袖……」

畳紙の上に振袖をゆっくり広げてみた。遠くからでも目を惹く柄だった。優雅な金魚が水草の間をゆったりと泳いでいる。琉金の緋色が緑の水草、青い水に映えていた。目で味わうようにじっくり見ているうちに……。

「ええっ。こ、この振袖って」

息を呑みながら、まじまじと見詰めた。暗い上に遠目だったので、柄まではっきり見えなかったものの、振袖小僧の振袖と色目がそっくりだった。

京四郎が振袖小僧？

胸の中で、どくんどくんと音がするほど動悸が増した。辰五郎一家に引き移った後も、盗みを働く際、この部屋に出入りしていたのだ。正平から、手伝いの女を雇うと聞いて、さぞ慌てたことだろう。早朝に様子を見にきたのもうなずけた。

左門とのやりとりの際、左門は京四郎を疑い、正平は京四郎をかばっていたのだ。あれこれ考えながら着物を畳紙に収めようとしていると……。

微かな気配とともに、廊下に面した障子が音もなく開いた。

白い顔が薄闇の中に浮かんでいた。京四郎は後ろ手で、静かに廊下と四畳半の間の障子を閉めた。ついで、俊敏な動きで奥の六畳に身を移すや、部屋の間の襖をぴたりと閉じた。京四郎は腰に大刀を手挟んでいるが、さくらは懐剣すらない。しかも奥の部屋なので逃げ場がなかった。

ろうそくの火に照らされた顔は、火影がちらちら映って、まるで幽鬼のようである。

(えらいことになってしもた)

半身になって油断なく身がまえた。

京四郎が迫る。

「拙者の正体を知ってしもうたか」

低い声はかすれ、震えていた。

さらに近づいてくる。背中に冷や汗がにじんだ。

「京四郎さんが振袖小僧だったんですね」

「いかにも」

短く答えたきり、京四郎は、次の言葉を探しあぐねたように押し黙った。

さくらと京四郎は一間ほどの間を空けたまま立ち尽くした。

しばらく見詰め合った後、先に口を開いたのは京四郎のほうだった。

「あの香は、さる大名家の奥に忍び入った折に持ち帰ったものでな。香りが気に入ったゆえ、振袖に焚きしめておった。盗みに入った屋敷に香の香りを残すなどと、風流を気取ったお陰で、さくらに気づかれてしもうた」

さくらの表情をうかがうように見詰めながら言葉を続けた。

「今、面番所に駆け込めば、あの塚本左門が大慌てで駆けつけるであろうな」

「わたしがお上に訴え出るわけないでしょ。京四郎さんが今までに盗んだ金品は十両を下るはずないじゃない。もし、捕らえられたら死罪になるでしょ」

そこまで言うだけで息が上がった。

「盗人なんてやめて。いつか鼠小僧のようにお縄になってしまうでしょ」

さくらの悲鳴にも似た声に、京四郎の片頬がゆがんだ。

「俺は……この稼業を辞めねえ」

京四郎の顔が幼さを増した。地が出たらしく、武士らしい物言いが、ならず者っぽい口調に変わっていく。

「いったいどうして」

「振袖小僧は、爺ぃと左門への復讐でもあるんだ」

「ええっ。復讐ってどういうこと?」

「俺が捕まってお仕置きになりゃ、あの左門だって無事じゃすまないだろうよ」

京四郎の投げたような笑いに、さくらはぞっとした。

「どうして塚本までお咎めを受けるの」

「俺は爺ぃと、瓢亭の一人娘綾乃との間にできた子でえ。左門は、家事不取締で禄を召し上げられるだろうよ。いやいや、切腹だろうな。いい気味でえ。ははは」

「ええっ」

あまりの意外さに、階段を踏み外したような気がした。

「綾乃さんはお産で、赤ちゃんと一緒に命を落としたって、正平さんから聞いたのに」

たちまち、京四郎の涼やかな瞳に怒りの色が広がった。朱をはいた白い顔の中で、つり上がった両の目が血走ってくる。

「爺ぃめ、恰好をつけて、嘘を教えやがったんだな。よくもよくも」

激するに従って、京四郎の声が高くなっていった。

「しっ、静かに。正平さんに気づかれちゃう」

襖を開けて四畳半に戻ると、障子を開けて自慢の耳を澄ませた。階下からはことりとも音がせず、正平の大いびきだけが響いてくる。

「突っ立っていないで、ともかく座りましょう」

さくらが先に座り、京四郎も大刀を腰からはずして、畳の上に片足立ちで座った。

「正平さんの話が嘘というのなら、本当のことを教えて」

さくらは京四郎の目を真っ直ぐに見据えた。

「おうさ」

京四郎は声に強い怒気をはらませながら語り始めた。

正妻佐世の子である左門は病弱で、医者の見立てでは、成人まで生きられぬとのことだった。正平と佐世は不仲で、さらなる男児を望めそうになかったため、先代当主は、赤子だった京四郎を、塚本家に引き取った。

佐世は幼い京四郎に冷たくあたり、落ち度を見つけて激しく折檻したが、京四郎が六歳のとき急な病で亡くなった。佐世の死後、左門は丈夫になり、十五歳から見習い同心として出仕するようになった。

京四郎が八歳になったある日のことだった。浜町河岸の往来で、左門が幼い京四郎を暴れ馬の眼前に突き飛ばした。たまたま居合わせた綾乃は、すぐさま正平に訴えたが、一笑に付されてしまった。

このまま塚本家に置いておけば京四郎の命が危うい。

綾乃は、京四郎を塚本の家から連れ出して肥後へと逃れた。肥後の国熊本藩は、父母の郷里で、親類縁者を頼るつもりだった。

綾乃は大切にしていた、金魚柄の振袖と料理の覚え書き帳だけ持って旅に出た。

が、旅の途中、綾乃は京伏見の宿で病に倒れ、呆気なく亡くなってしまう。京四郎は旅の軽業一座に引き取られて、座長の慰み者にされた。食べる物もろくに与えられない暮らしの中で、軽業を仕込まれて一座の花形となり、興行先で客を取らされた。

京四郎が十三歳になったとき、博打の金に困った座長が、舞台衣装として使っていた振袖を売り払おうとした。止めようとして、半殺しの目に遭っていたところに、旅の武芸者が通りかかり、京四郎を助けて振袖を取り返してくれた。男は武芸者を名乗っていたが、居合抜きを見せて蝦蟇の油を売る大道芸人だった。虐げられはしなかったものの、食べていくために客を取る暮らしは変わりがなかった。

旅を続けながら剣の手ほどきを受け、男を打ち負かす腕になった京四郎は、男と別れて各地を転々とし、剣の腕を磨くかたわら、生きるため盗みを働くようになった。

「盗みを働くにゃ、軽業一座で仕込まれた技が役に立ったってわけでえ」

京四郎は闇の中に自分をぽいと落とし込むように言った。

「二十四になって、江戸の町を荒らしてやろうと思い立ったんでえ。で、どうせなら、噂に聞く鼠小僧のように義賊と呼ばれたいと考えたってえわけさ。江戸に舞い戻って、瓢亭をひょっこり訪ねてみたときゃあ、そりゃあ驚いたもんさ」

祖父母は亡くなり、他ならぬ正平が、十二年前から瓢亭の主に納まっていた。

形見の振袖を見せて息子の四郎だと名乗った。盗人になったのも正平のせいだと責める京四郎に、正平はなにも言えなかった。正平のほうから、大川で助けたが記憶を失っていたことにしようと切り出され、辰五郎一家を紹介してくれた。

振袖小僧として、大名や大身《たいしん》旗本の屋敷を荒し回るようになったが、正平は、京四郎を恐れて見て見ぬふりをしている……と。

「塚本左門という男は、少年の頃から恐ろしい男だったんだね」

さくらは左門の能面のように冷たい顔を思い浮かべて、ぞっとした。

「左門も憎いが、元はといえば、爺ぃのせいだ。俺をおふくろから引き離したのもあいつで、おふくろの訴えを取り合わなかったからこうなっちまったんだ」

「塚本はともかく……正平さんが今でも綾乃さんのことを忘れられずにいることは、話の端々でも分かるし。京四郎さんの身を、心から案じていると思うよ」

さくらの言葉に、京四郎は馬鹿らしいというふうに頭を振った。

「今さら遅せえ。おふくろは亡くなり、俺は散々苦労したんだ。爺ぃに肩入れされたお陰で、たった三十一で隠密廻りになれた左門ともども、地獄の道連れにしてやらあ」

「でも、意地や復讐のために、京四郎さんが命を落とすことになったら……」

「なったらどうだってんだ。てめえは俺となんの関係があるんだ。俺のことなんて放っておいてくんな」

「京四郎さんの身を案じるのはわたしの勝手でしょ」

さくらの中に棲むおせっかいの虫が、懸命に鳴いている。

「よく分からねえが……とにかくおめえは、その……俺の味方ってえことだな」

問いかけに、さくらは何度もうなずいた。京四郎の眼差しがふっと緩んだ。

鏡台の上に置いたままだった、湯呑み茶碗と座禅豆の包みを取ってきた。

「これを食べて湯冷ましでも呑みながら落ち着きましょう」

さくらも座禅豆を一粒つまんで、ぽいっと口に放り込む。かりっこりっっと、軽やかな音がした。醬油と砂糖で煮られた豆は、あくまで甘く、そして固い。

「噛めば噛むほど豆の旨みが出てくるでしょ。いくら食べても飽きがこない味ってところが良いよね」

京四郎は黙々と座禅豆を平らげてから湯冷ましをごくごく呑み、おまえも呑めというように、さくらの顔の前に湯呑み茶碗を突き出した。

「ところで、お母さまの形見のこの振袖と帳面はどうするの」

「おふくろは『あのひとが大枚叩《はた》いてあつらえてくれた振袖なんだ』って大事にしてたんだ。爺ぃが買ったってえのが気に入らねえが、振袖と帳面はおふくろの形見でえ。命より大事な品だから、ただどこかへ隠しゃいいってわけじゃねえんだよなあ」

言いながら、尖り気味の顎を撫でた。

「わたしは見なかったことにするからこのまま長持の中に入れておけばいいでしょ」

「分かった。おめえを信じることにして、今日のところはこのまま引き上げるぜ」

物干し場に出るや、身軽に跳躍し、隣の家の屋根に跳び移ったと思うと、ついっと闇に溶け込んでいった。

佐野槌屋のことと、瓢亭のこと……難問を二つも抱えてしまった。

畳の上にぺたりと座った。畳はささくれ立っていて指が触れるとがさがさした。

（こうなったら、どっちも絶対、解決したる）

逆に闘志がめらめらと燃えてきて、拳を握りしめながら、すっくと立ち上がった。

八

翌朝四ツ前に、竜次が瓢亭にやってきた。

「喜左衛門のあほんだらと、千歳の道中の突出しのことで大喧嘩して飛びだしてきたんや。気晴らしちゅうことで、田楽でも食いに行かんかい」

戸口で話す二人に、店の奥から正平の声がした。

「店のことはええから、行ってくりゃあええ」

「じゃあ、ちょっとだけ」

前掛けと襷をはずして路地に出た。

「この前は京坂ふうの田楽の店を教えたったけんど、この店も、そこそこいけるで」

新道に面した、屋台のような田楽屋に入って、一つしかない縁台に二人並んで座った。朝一番なので、他に客の姿はなかった。右手に大きな団扇を持った無愛想な爺さんが、五本並べた田楽をとろ火で炙っている。後ろに、豆腐が入った桶がいくつも置かれているところを見ると、繁盛しているらしかった。

「ここの田楽は、長う切った豆腐を竹串に刺して、木の芽味噌をつけてあるねん。おい、親父、二串、頼むで」

竜次の注文に、爺さんは返事もせず、黙々と田楽を見守っている。

「ここの田楽はまあまあやな。竹串が焦げてへんさかいな」

竜次の評に、爺さんがじろりと上目づかいに見て、すぐまた田楽に目を落とした。

「どういう意味ですか」

「串は、青竹の皮がついたままやろがな。焦がさんと、青々したままで客に出すのが腕の見せ所なんや。こだわりっちゅうもんや」

「なるほど。だから目を離さず、焼け具合を見張っているんですね」

爺さんは、田楽に目を向けたまま無言で大きくうなずいた。

とろ火でじっくり焼くので、田楽はなかなか焼き上がりそうもなかった。

瓢亭にまつわる秘密を打ち明けて、相談したい思いにかられたが、伊織ならともかく、口が軽い竜次ではそうもいかない。

「だご汁の作り方ですけど、どんなところに気をつければいいでしょうね」

「そやなあ」

竜次に細かくこつを教えてもらっているうちに……。

「へい、お二人さん」

ようやく田楽が焼き上がり、無愛想な爺さんが、竜次とさくらに一串ずつ手渡した。

「さあ、食おや。おい、爺さん、わいに酒を一合頼むわ。冷やでええさかいな。ほんでからに、この人は湯冷ましでええで」

竜次は田楽を肴に酒を呑み始めた。がぶりっ。豪快にかぶりつく。

「木の芽の香りがきりっと味を引き締めて、なかなかええやろが。な、さくら」

さくらもはふはふ言いながら、口に入れた。

「すごく香ばしいっ。味噌がじゅわ〜っと甘いです。甘めの味噌が、地味だけどまろやかな豆腐の風味にぴったりです」

豆腐のしっかりした硬さが、心地よくお腹を満たしていく。豆腐の温かさに心の内が温かくなり、気持ちまですうっと落ち着いた。

「喜左衛門の様子はどうですか」

「気に入らん者に暇をとらせたり、手なずけやすそうなもんに甘いこと言うて、味方を増やそとしとるけど、わいと幸助はんがおる。そないそない上手いこといくかいや」

竜次は鼻の穴をふくらませた。

「おるいちゃんは……どうしてますか」

「相変わらずやけど、変わったっちゅうたらやで。お勢以はんがわいにぽろっと漏らしよったんや。おるいがなつくようにするにはどないしたらええのやろかてな」

竜次の言葉に、心の中に小さな灯がふっと点った気がした。

あのとき、お勢以があれほど怒ったのも、おるいを大事に思えばこそだったのだ。

(旦那さんの願いをかなえられるよう、できることから頑張ってみよ)

見上げた空には雪雲のような雲が見えた。

田楽屋の主人にお代を払った竜次はついでのように言った。

「瓢亭のこっちゃけどな。さくらが頑張るには、手頃でええ店やと思たんや」

「そんなことを思って、瓢亭の口利きをしてくれたんですか」

「さくら独りで切り盛りするっちゅうんが一番、修行になるやろ」

「ありがとう。竜次さん。そんなことまで思ってくれてたんですか」

「まあ、別に気にせんかてええ。さくらが、この吉原を出て遠くへ行くよりええて思ただけやさかいにな」

それだけ言うと竜次は、くるりときびすを返した。後ろ姿が遠ざかる。

いつの間にか風が冷たくなっていた。

「あれっ。雪が降ってきた。冬になったばかりなのに」

見上げれば、曇った空から白いものが落ちてくる。寒さを感じながらも、心の中のおせっかいの虫が闘志を燃やし始めた。

善は急げである。竜次の後を追うように佐野槌屋に向かった。

着いた頃には雪は止んでいた。二度寝から起き出した遊女たちが風呂に入ったり、遅い朝餉をとったりする頃なので、見世の内はざわざわしていた。

竜次を呼び出して、お勢以に会わせてもらおうと考えていると、当人が女中のおりきを連れて、大暖簾の内から姿を現した。お勢以は渋い色目の小紋に無地の帯を前で結んでいた。小紋も帯もいかにも上物で、余所《よそ》行きといった風情である。四十過ぎの内儀のような地味な装いが、かえって二十代のお勢以の若さを際立たせていた。

「女将さん、お久しぶりです」

にこやかにお辞儀をするさくらに、お勢以は怯えたような顔で、

「い、いまさら、なにか用かい」と口をぱくぱくさせた。

「少し、お話があるんです」

逃げるように江戸町二丁目から仲之町に向かうお勢以に、歩調を合わせながら歩く。

「わたしは、旦那さんから『お勢以とおるいのことをよろしく頼む』と言われました。お見世と縁が切れた今も、お力になりたいと思っているのです」

「えっ」

お勢以は、通りに置かれた用水桶の前で立ち止まった。

「そんなふうに思ってくれてたのかい……ありがとうよ」

お勢以は声を震わせた。

「おるいちゃんが扱いにくい子なのは分かりますが、大人である女将さんがゆったりと受け止めれば、少しずつでも良い関係になるのではないでしょうか」

さくらはまたもちらほら雪が舞い降りてくる空を見上げた。

「おるいちゃんは、狆を飼いたいと言っていました。おるいちゃんに飼わせてあげるのはどうでしょうか」

口では悪態を吐いても、内心ではきっと喜ぶに違いない。

「それはいいね。小菊に狆を世話してくれた小間物屋に聞いてみるよ」

お勢以が目を輝かせたときだった。

喜左衛門がばたばた走りながら追いついてきた。

「てめえ、お勢以になんの用でえ」

いまにもさくらにつかみかかろうとする剣幕を見て、

「あ、あの……。な、何でも……」

お勢以はおどおどと答えた。おりきも風呂敷包みを抱きしめて押し黙った。

「いまさら因縁でもつけに来やがったのかよ。金をせびろうなんて太てえ魂胆だ」

さくらとお勢以の間にずいっと割って入ったかと思うと、

「さあ、行った、行った。忙しいんだから早く帰《けえ》ってくるんだぜ、お勢以」

お勢以の肩を乱暴に押した。お勢以がおろおろしながら歩き出す。おりきも大柄な身体を左右に揺らせながら、小走りで続いた。

「遅くなると承知しねえからな」

喜左衛門が肩で風を切るようにしながら見世に戻っていく。

「女将さん、さっきの話、考えてみてくださいね」

お勢以の後ろ姿に向かって、さくらは声をかけた。

竜次が言ったように、お勢以が、喜左衛門に押し切られて夫婦になる日は近いかもしれない。さくらは焦りとともに、さらに闘志を燃やした。

明くる日、夕餉を済ませた頃、お勢以がおりきを連れて瓢亭を訪ねてきた。色鮮やかな前垂れと紐をつけた狆の子犬を抱いている。顔色がさえなかった。

「まあ、いらっしゃい。どうぞ中に入ってくださいね」

肩を落としたお勢以を優しく店に招き入れた。

「ちょっと相談がしたくってね。実はねえ」

床几《しょうぎ》に腰を下ろしたお勢以が口を開いた。

「狆の話を聞いてこりゃあ良いって思ったんだけどねえ」

要領を得ないお勢以に代わって、おりきが口を開いた。

「運良くすぐに見つかって、今朝、連れてきてもらったんだ。けどねえ。お嬢さんは『福丸と色も模様も違う』なんて癇癪を起こしちまってね。しまいにゃ『この前みてえに、二階から投げ落としてやる』なんて言い出すもんで、女将さんもあたしもすっかり怖くなって、こうしてずっと連れ歩いてるんだよ」

「ほんとに恐ろしくてねえ……おお、よしよし」

お勢以は赤子のように狆をあやした。

「こんなに可愛いってのに、お嬢さんならやりかねないからねえ」

おりきが狆の小さな頭を撫でながら、心底怯えたふうに言った。

「ひょっとして……おるいちゃんの悪い噂を信じたままなんですか？」

福丸が死んだときのことを詳しく語ると、お勢以とおりきは、鳩が豆鉄砲を食らったような顔をした。

「じゃあ、二十日鼠を生きたままお歯黒溝に投げ込んだっていう話は？」

おりきが別の噂話を持ち出した。

「生きたままなんてとんでもない。急に死なれたもので、気味悪くなって放り込んでしまったんです。その後は、二十日鼠や福丸だけじゃなく、金魚にまでお墓を作ってやって、毎日、手を合わせている優しい子なんです」

さくらは、口をあんぐりと開けたままの二人の顔を交互に見た。

「おるいちゃんから本当のことを聞いたとき、女将さんに、ちゃんとお話しておかねばならなかったんですよね。すみません」

「さくらのせいじゃないよ」

「皆、その日その日のことで忙しいからねえ」

「そういえば、今まで、女将さんと直に話すことってほとんどなかったですもんね」

大所帯の女将と台所の下働き。お勢以からさくらに用事があったとしても誰かが取り次いでいた。

「あっ、これこれ」

狆がお勢以の腕の中で暴れだし、おりきが受け取って店土間に下ろした。狆が物珍しそうにあちこち嗅ぎまわり始める。

「よし、よし、こっちに来な」

正平の声に、狆が小上がりに向かった。

「こりゃ、こりゃ。そんなにじゃれついては、くすぐったくてかなわん」

楽しげな正平の声が店土間に響く。

「きっと、おるいちゃんも、女将さんのことを、考え違いしているんだと思います」

「そ、そうだね。だから、あたしがなにをしたっていうんでもないのに、親の仇みたいに嫌っているんだ」

お勢以は寂しげにうなだれた。

おるいとお勢以。絡んだ糸を何とかしてやれと、おせっかいの虫が騒ぐ。

「ところで夕餉はもうすみましたか」

「すませてきたけど、どうにも食が進まなくってねえ」

「じゃあ、ちょっと待っていてください。たいしたものはできませんけど、虫押さえになるものを作ります」

丸々ごつごつした山の芋が買い置きしてあった。豆腐も明日の朝に食べようと置いてある。『芋豆腐』を作ろうと考えたさくらは、鰹出汁を取って醬油を加えた。

「良い匂い」

店土間と板場を仕切る出し口から、お勢以がのぞきこんできた。まるで無邪気な子供のように、きらきらと目を輝かせている。

湯豆腐を作って湯を切った。豆腐の上におろした山の芋をかけ、その上に汁をかけてから青海苔を少し載せた。

お勢以とおりきの前に、芋豆腐の入ったお鉢を置いた。

正平にも勧めたが、食べることも忘れて、楽しそうに狆の相手をしている。

「こりゃ、こりゃ。そんなに頭突きをするもんじゃない。老体にはこたえるんじゃ」

話に加わらず、狆相手にぶつぶつつぶやいている。

「ようよう、はっきりしたでの。安心せえ。あやつはなかなか取り上げてくれんがな。嫌でも関わるよう、わしがちゃあんと計らってやるからの」

瓢亭には、相変わらず、怪しげな男が訪ねてくる。そういう男たちが左門の手柄につながる話をもたらしたのだろう、と想像しながら聞き流した。

「家の味っていうのかねえ。仕出しの味と違ってなかなかいいねえ」

「芋豆腐は、父が亡くなる十日ほど前に作ってくれた手料理でした。普段のおさんどんはわたし。父はお客さまにふるまう料理だけ作っていました。わたし一人のために父が作ってくれた家庭の味は、後にも先にも一度きりでした」

「へええ」「そうなのかい」

お勢以とおりきが大きくうなずいた。

「小腹が空いたときにいいねえ。美味しいよ」

おりきが満足げに言い、ひと呼吸もふた呼吸も遅れてお勢以が悠長な口調で言った。

「思い入れの深い料理ってことなんだねえ……簡単な料理だけど、とろろの口当たりと豆腐の淡泊さが上手く合わさっていて、ほっこりするよねえ」

「料理人の味とは違いますけど、そこが家庭料理の良さで、くつろげる味なんですよね」

「家の味ねえ」

お勢以は感じ入ったように頬に手を当てた。

(思てたより、濃《こま》やかな心を持ってはるんやな)

お勢以やおりきがおるいのことを誤解していたように、さくらもお勢以のことをよく分かっていなかったと気がついた。

「女将さんは料理を作ったことがあるのですか」

「あのひとと一緒になる前というか……そりゃあ、あたしもそれなりに……」

お勢以の答えに、がぜん、嬉しくなってきた。

「それじゃ、おるいちゃんのために美味しい物を作ってあげるのはどうでしょう」

「ええっ、このあたしが作るってのかい」

お勢以が目を丸くした。

「家庭の味は格別です。おるいちゃんもそういう味に飢えていると思います。恰好をつけていないけど、温かみのある料理。最後にはそこに行きつくと思っています」

頬に手を当てていたお勢以の瞳が、しだいに光を帯びていく。

「そ、そうだよね。とにかく、喜びそうなものを作ってみるよ」

お勢以は両の袖を胸元に合わせて、瞳をぱっと輝かせた。

「小禽雑炊は？」と言いかけたが……いきなり、おるいにとって思い入れの深い料理を作れば、かえってへそを曲げそうで言わずにおいた。

「じゃあ、あたしゃ帰るよ。喜左衛門さんが来てから、奉公人が大勢辞めちまってね。なにかと用事が多くなったんだ。おかげでちっとばかり見世の差配に詳しくなったよ」

お勢以はせかせかと帰っていった。

大丈夫かな。さくらは案じながらお勢以たちの後ろ姿を見送った。


翌日、江戸町二丁目の角にある青物市場で、竜次にばったりと出会った。

「お勢以はん、生まれてこのかた、いっぺんも料理したことないのに、しよてするもんやさかい、包丁の持ち方教えるだけでも難儀したで」

「ええっ。嫁ぐ前は料理もしてたって聞いたのに」

「見栄を張りよったんやで。こまい頃、遊び半分で台所の邪魔をしとっただけやろ」

「なあんだ……で、どうなったんですか」

「すぐ匙を投げてしもて、わいに小禽雑炊を作らせよってんけど、お勢以はんが作ったて信じるはずあらへんやろ。おるいは、盆をひっくり返してしもて、えらい大荒れやったんや。さくらのしょうもない入れ知恵のおかげで、たいがい難儀したで」

お勢以も長兵衛の口から小禽雑炊の話を聞いていたのだ。

「お母さんの大切な思い出だから、なおさら嫌われてしまったんですね」

落胆するしかなかった。

「ほなな」

せわしそうに帰っていく竜次の後ろ姿を見送っているうちに、

（母親の思い出といえば……）

綾乃が書き残した帳面を思い出した。

おるいにとって大事な料理は小禽雑炊。

ならば、京四郎には、だご汁だ。

ともに手作りの家庭の味、母親の味である。

綾乃が得意だった料理の思い出が、京四郎に残っているはずである。正平が美味しいだご汁を作れるよう手伝おう。京四郎に食べさせて、泥棒稼業から足を洗わせよう。正平もそのつもりで作っていたに違いない。

良い策を思いついたと、さくらはぽんと手を叩いた。

お勢以とおるいのことは、解決の糸口が見つかりそうもない。まずは瓢亭の中に渦巻く難問を解決しよう。心に決めたさくらは、綾乃の帳面に書かれていただご汁の具材を懸命に思い出した。里芋の他に……確か……大根、人参、牛蒡、薩摩芋に南瓜だったなと考えながら、さっそく八百屋へと向かった。

料理の第一は良い素材だと、竜次が言っていた。新鮮さや質をじっくり吟味して買わなければならない。

吉原には、青物市場の他に、店を構えている大小の八百屋が何軒もあった。あちらこちら回るうちに、一刻近くもかかってしまった。

(ちょっと買い物に行ってきますって出てきたのに、えらい遅なってしもた)

瓢亭に戻ろうと急いでいたときだった。

揚屋町の妓楼にはさまれた薬問屋、その店先に腰掛けた人物に、ふと目がいった。喜左衛門だった。

「何でえ、この店はよ」

喜左衛門が立ち上がって、荒い仕草で裾をはらった。

「相済みません。ちょうど切らしておりまして……入りしだい、お見世まで、小僧に持っていかせますのでご勘弁を」

「このところまた苦しくってよ。急ぐんだ。何でえ。ありふれた薬だってのによ。どうなってんだ。薬屋はここだけじゃねえ。別の店をあたらあ」

語気荒く言い残すと、喜左衛門は大股で歩み去った。

持病でもあるのだろうかと、さくらは首をひねった。

確かに痩身だが、顔色が悪いわけでもないし、歩き方も元気そうである。

嫌な奴に出会ってしまったと思いながら、裏通りへと足を踏み入れた。

瓢亭のある路地まで戻ると……。

近づくに従って不吉な暗い翳りを感じた。父平山忠一郎が亡くなった朝、居室へ向かう折に感じた、同じ胸騒ぎがした。

小走りに駆けて腰高障子を開けた。暗い土間に粉雪混じりの寒風が吹き込む。正平は小上がりにいた。壁を背にしてうなだれるように座っている。様子がおかしい。

「正平さん！」

風呂敷包みが土間にどさりと落ちた。里芋、大根、人参、牛蒡、薩摩芋、南瓜。買い求めてきた野菜たちが散らばる。店土間を突っきって小上がりに向かった。

正平の首元には、綾乃の形見の懐剣が深々と突き立っていた。胸元が血に染まり、もともと渋紙色だった顔が、さらにどす黒く変わっている。懐剣の柄をしっかと握りしめたまま事切れていた。

仏壇の前には、左門あての遺書が置かれ、遺書の下には帳面が見えた。帳面には、正平が子飼いの男たちに探索させた成果が記されているのだろう。

なぜ？

どうして？

頭の中を問いがぐるぐる駆け巡った。

いきなり自死するなどあり得ない。なにかきざしがあったに違いない。

狆を相手にぶつぶつ言っていたときも、さくらに聞いて欲しかったのではないか。普段のさくらなら『なんの話ですか』と首を突っ込んでいたろう。

気づかなかったわたしのせいだ。

そもそも……買い物に刻をかけず、すぐに戻っていれば間に合ったはずだ。激しい後悔が渦巻いて、心が、嵐の海に浮かんだ小舟のように激しく揺れ動いた。

第三章　振袖小僧と母のだご汁

一

顔を引きつらせ、色をなくした塚本左門が、正平の遺体を検《あらた》めた後、中間と下っ引きが、小上がりにのべた敷布団に、丁重に寝かせて夜着をかけた。

「じゃあ、ひとっ走りして、八丁堀のお屋敷までお知らせにめえりやす」

中間たちがそそくさと出ていき、左門と二人きりになった。

左門は遺書を何度も読み返した後、遺書に添えられていた帳面をゆっくりと繰っている。

遺書に、いったいどんなことが書いてあったのか気になったが、さくらは赤の他人である。訊くことははばかられた。

左門は、遺体に向かって手を合わせ、静かに目を閉じて身じろぎもしなくなった。

さくらは板場に入ってお茶の用意を始めた。

正平は今日もだご汁を作っていたらしい。鍋の中に得体の知れない具材が残されていた。さくらが手伝っていれば、自死しなかったのではないか。

正平の人懐っこい笑顔がふっと浮かんだ。お茶だけではなく、残っていた大根で『はやくき』を作ることにした。

大根の千切りと、細かく刻んだ葉と茎に、塩を振りかけてから熱湯をかけた。葉と茎が、手品のように鮮やかな色に変わった。粗熱が取れたところで水気を絞り、削り鰹を散らして醬油をほんの少しかけた。

味見してみた。

食べた瞬間に、口の中に青物のさわやかさがふわっと広がった。

苦味の中にも独特の香りが生きている。

大根のしこしこした歯触りも良かった。

「お口に合いますでしょうか」

お茶とはやくきを、小上がりに座した左門に勧めた。

「気が利かねえ女だな。こんなときは酒を出すものじゃねえか。俺は親父どのと酒を酌み交わしてえんだ」

　左門は苦々しい顔で吐き捨てるように言った。

　店土間の隅に置かれた樽から、酒を燗徳利に入れようとすると、

「冷やで良いぞ。そこに枡があるだろ」

　水屋のほうを顎で指した。

「ところで、親父どのと俺が親子だといつ知ったのだ」

　酒に口をつけながら、さりげない口ぶりで聞いてきた。

　二人の話を立ち聞きして、正平を問い詰めたとも言えない。

「つい昨日、黙っているのは心苦しいと言って、打ち明けてくださいました」

　さくらの返答に、左門は苦しげなため息を漏らし、しばし目を閉じた。

「親父どのには世話になった。残りわずかな命なら、うんと楽をしてもらおう、と思っておったのだが……無念だ」

　枡を手に、酒をちびりちびりと舐めるように呑み始めた。

「八丁堀の組屋敷に引き移るよう勧めていたんだが、屋敷にゃ、中間の久作と、小者の五助爺さんしかいねえし、妻は長えこと気鬱の病で臥せってらあ。俺に迷惑をかけねえよう潔く自裁すると、遺書にも書いてあった」

　酒が喉を通る音と、はやくきを噛むかすかな音だけが小上がりに響く。

「遺書には細々《こまごま》と余計な頼み事まで書かれておったが……それがまた、いかにも親父どのらしいやな」

左門が自嘲するように小さくつぶやいた。

「この瓢亭との深い縁《えにし》も、正平さんからうかがいました」

深いという一語に力をこめた。

突然、眉間に皺を寄せて目つきが険しくなったかと思うと、左門は、手にした箸を皿の上にかたりと置いた。

「それはつまり……」

「はい。お二人と綾野京四郎さんとの縁も知っています」

さくらの言葉に、左門は大きな吐息をついた。

「親父どのは純なお人でな。隠密廻りを拝命した直後で浮き立っておった心に、綾乃なる女狐めがつけ入りおった。おかげで、母上がどれだけ苦しめられたことか知れねえ」

左門は悔しげに唇を噛んだ。枡を持つ手が震えて、畳の上に酒の染みを作った。

母親が憎くても、幼い子に罪はないでしょうと言いたい気持ちを押し殺して、

「お屋敷からお迎えが来られるまでの間、このままでは寂しいですから、お供えするお花を探してまいります」

返事を待たずに戸口から路地に出た。

雪は降り止まず、家々の軒を白く化粧し始めていた。かじかむ手を胸の前でこすり合わせながら瓢亭を後にした。

(そや、そや、竜次さんにも知らせな)

思い立って、足早に佐野槌屋へと向かった。

夜見世は暮れ六ツからなので、見世格子の中に遊女の姿はなく、見世先の妓夫台に座って客を呼び込む妓夫もいない。中から、話し声や物音が聞こえてくるものの、外周りはひっそりしていた。喜左衛門とひょっこり顔を合わせないかと用心しながら見世の内をうかがっていると、

「おっ、さくらじゃねえか」

若い者頭の伝吉が、大暖簾からひょいと顔をのぞかせた。目付きが鋭く、暗い過去を背負っていそうな男だが、番頭の幸助と比べれば、かなり軽みがあった。

「竜次さんに大事な話があるんです。こっそり呼んでもらえますか」

さくらの悲壮な顔つきを見て、

「お、おう。わかったい」

伝吉はとまどった様子で見世の内に引っ込んだ。

「どないしたんや」

竜次が前掛けで手を拭きながら現れた。

「正平さんが自死されました。ご遺体は、塚本家から迎えが来しだい、引き取られることになっています。竜次さんもお別れを言いたいかと思って報せにきました。今すぐ瓢亭に来られますか」

「行かんでどないするねん。ちょっと待っててや」

竜次はあたふたと大暖簾の内に駆け込んでいった。

「おめえも運がねえな。せっかく新しい奉公先に馴染んだ頃だってのによ」

懐手をしながら、二人の話を聞いていた伝吉が、同情するように言った。

「また他の奉公先を探します。吉原内というわけにはいかないかもしれませんけど」

しんみりした口調になったさくらに、伝吉が顔を近づけてきた。

「へへ、俺ゃあ、あれを潮に、おめえと竜次が所帯を持つと思ったんだがなあ」

冷かすように言った。

「ええっ。まさかあ。それはないですよ。竜次さんは、わたしが佐野槌屋に来る前から、あの佐川花魁に岡惚れしてたじゃないですか」

「そりゃあ、あの佐川花魁に惚れねえ男はいねえよ。現におれだって、菩薩さまみてえに思ってたさ。ま、それだけのもんでえ」

「佐川さんは、女のわたしでも惚れ惚れしましたからね」

「それとこれとは話が違わあ。まあ、聞きねえ」

伝吉はおかしそうに言い添えた。

「竜次は湯屋も髪結もめったに行かねえんで、親父さんによく小言を言われてたんだ。ところがどうでえ。あんたが来てからってえもの、髪結は毎日、湯屋にゃ朝夕通ってたんだぜ」

言われてみれば、さきほどの竜次の顔はくすんでいた。いつになく乱れた髪で、髭もうっすら伸びていた。

胸の内でなにかが、陸に釣り上げられた魚のように、びくんとはねた。

(見世を追い出されたとき、自分の家に来《き》いて言うたんかて、そないな気やったんや。わたしが即座に断ったさかい、慌てて誤魔化したっちゅうわけか)

大恥をかかせてしまったと、今になってようやく気がついた。

こんなふうに鈍いから、正平が追い詰められていたことにも気づかなかったのだ。いまさらながら、自分のうかつさがうらめしくなった。

「伝吉、伝吉はいったいどこでえ」

見世の内から喜左衛門の、粘っこい声が聞こえてきた。

「へえ、へえ、ここにおりまさあ。ただいままめいりやすよ」

伝吉は揉み手をせんばかりに、腰を低くしながら、見世の内に戻っていった。

（あきれた。伝吉さん、いつからあんなふうになってしもたんやろ。長いものに巻かれて生きる、それがこの吉原での、上手い世渡りっちゅうつもりなんやろか）

ため息をついていたところに、

「ほな、行こか」

竜次が大暖簾をくぐって出てきた。

活けてあった花の中からかき集めたらしい、数本の白菊の花を手にしている。髭がうっすら伸びてもっさりした顔のままだったが、慌てて櫛を通したらしく、鬢の乱れはいくらかましになっていた。

竜次と連れだって、まだ人影がまばらな仲之町を、揚屋町にある瓢亭へと向かった。

竜次の手首に巻かれた水晶の数珠が、日差しを浴びてきらりと光る。さきほどの粉雪は止んで薄日が差していた。

瓢亭に戻ると、左門の姿はなく、中間が一人、所在なげに遺体の番をしていた。

菊の花を枕辺に活けながら、目頭がふっと熱くなった。

花瓶が見つからなかったので、一升徳利に活けた。そのほうが、居酒屋の主として生を終えた正平にふさわしく思えた。

竜次は神妙に念仏を唱え終えると、

「さっき打った蕎麦なんやけど、今晩でも食うてみ」

懐から紙包みを取り出して手渡してくれた。

「ほな、見世に帰るわ。さくらのこれからの事は、わいがなんとかするさかい、心配せんでもええ。夜見世が一段落したらまた来るよってにな」

竜次は念を押すように言いながら帰っていく。

裾をからげて走る後ろ姿が、すぐさま路地の向こうに消えた。小粋ではあるが、品のかけらもない走り方が、いかにも竜次らしかった。

「おおきに」

大坂弁で礼を言いながら、深々と頭を下げた。

正平がいない瓢亭は、真冬の荒れ野のように凍てつく気がした。

板場の隅には、いつものように、さまざまな野菜が残されている。

(何度、作ってもしくじってた、不器用な正平さんはもうおらへんのやなあ)

だご汁を懸命に作る姿が目の前に浮かんだ。

火を落としていなかった竈の火をかき立てると、芯から冷えていたことに、いまになって気づいて、火の温かさがありがたく感じられた。

こういうときこそ、ちゃんと食べないと。

お腹が空いていたら、良い考えも浮かばない。

竜次からもらった蕎麦で『かけ蕎麦』を作った。一杯は無理だと思えたので、鉢に半分ほどの量にした。

物がほとんどなくなって、だだっ広く感じられる小上がりに上がって食べ始めたが、まったく味がしなかった。

心持ちでこんなに美味しかったり不味かったりするものなのだ。父平山忠一郎の急死の後、なにを食べても砂を噛むようだったことを思い出した。

（とにかく、どんなときでも味わって食べなあかん。食べ物に無礼や）

生姜をおろしてかけると、さわやかな香りと、清涼感のある、ぴりりとしたほろ苦さが、食欲を呼び覚ましてくれた。

そうだ。だご汁を作ろう。

だご汁の味で、京四郎を真人間に戻すことが、正平への、なによりの供養になる。

要らぬおせっかいなどではなく、真のおせっかいになる。

買っていた野菜たちの出番だった。

さっそく下ごしらえを始めることにした。

「そや、そや」

さくらは二階に上がって、押し入れの長持から綾乃の振袖を取り出した。

「綾乃さん、見守っていてくださいね」

衣紋掛けにかけた振袖を、暗い板場の隅に吊した。色鮮やかな金魚が、光っているように浮き出して、ゆらゆら泳いで見えた。

「さてと……」

襷をきりりと掛けると、心が引き締まった。

うどん粉だけでは、もっちりふわふわのだごができないから、里芋をすり下ろして混ぜればいい、という竜次の言葉を思い出し、皮ごと里芋を茹で始めた。

(京四郎さんになんとしても美味しいだご汁を食べてもらわな)

火傷しそうになりながら、茶色く太い毛の生えた皮を、丁寧にむき始めた。皮をむいた里芋をしゃもじで、ぐにゅぐにゅつぶす。

(涼しいとこでしばらく寝かせたほうが、粉が落ち着いてざらざらした感じがしなくなるて、竜次さんが言うてたな)

つぶした里芋に、うどん粉と塩と水を混ぜてこねた後、一緒に入れる野菜――大根、人参、牛蒡、薩摩芋、南瓜を丁寧に切って大笊に入れた。

「これでよし」

下準備を終えたさくらは、闘志を胸に瓢亭を後にした。

二

大門切手を出してもらって吉原の廓を出た。

辰五郎親分の家に着く頃には、日がとっぷりと暮れていた。

「今朝、正平さんが亡くなりました。ご遺体は塚本さまの屋敷に戻られました」

息継ぎもしないで語るさくらに、京四郎は驚きと落胆が入り交じった顔をみせた。

「やはり心ノ臓の病が嵩《こう》じてか」

「いえ、自死です」

「なんだと。まさか、よりにもよってあの爺ぃが自死だと」

「それについてぜひお話したいことがあります。瓢亭まで一緒に来てください」

さくらの必死の表情に京四郎は静かにうなずいた。

瓢亭に戻って暗い店の内に足を踏み入れると、

「ぜひとも食べてもらいたい料理があるんです。しばらく待っていてください」

京四郎を小上がりに上げて、お酒を出してから板場に入った。

(綾乃さん、手伝ってくださいね)

振袖に向かって手を合わせた。

綾乃が見守ってくれている。

さくらは、前垂れをきゅっと締めて、気合いを入れた。

まずは煮干しで出汁を取った。煮干しの出汁の香ばしい匂いが広がっていく。

「なにを作ってるんでえ」

京四郎が店土間との間の出し口から、板場の中をのぞき込んできた。

「だご汁です」

切った野菜を入れた笊を抱えたまま、息を詰めて京四郎の表情をうかがった。

「だご汁……か」

京四郎はわずかに首をかしげた。

「綾乃さんの自慢料理で、ふるさと肥後の料理と聞きました」

野菜を鍋に加えながら言い添えたが……。

「ふうん」

気のない返事をしたきり、さくらの手元を見ながら黙っている。

（こまい頃のことやさかい、忘れてしもてるんやろか）

拍子抜けしながら、綾乃の振袖にもう一度目を向けたときだった。

「そうだ、思い出したぞ」

京四郎がぽんと手を打った。

「塚本の家にいた頃、爺ぃに連れられて、何度もこの瓢亭へ来たっけ。そのときゃ、いろんな料理と一緒に、必ず、だご汁を食わしてくれたもんだ」

京四郎は遠い目をした。目の奥に懐かしげな色が浮かぶ。

「正平さんは、綾乃さんの味を出そうと、何度も試みておられました」

さくらの言葉に、京四郎の目が突然、険しくなった。

「爺ぃは、おっかあの自慢料理だっただご汁を作って、俺を懐柔しようって魂胆だったんだな。そんな小細工ぐれえで、俺が心を動かすもんけえ」

「それは違います。正平さんは京四郎さんのことを心底、案じておられました」

さくらは叩きつけるように言った。

「う」

京四郎は押し黙った。赤々と燃え上がる竈の中でなにかが弾ける音が大きく響く。

「綾乃さんが書いた帳面、あれ、わたしも読みました。その通りに作りますから、もう少し待ってください。とにかく食べるだけ食べてください」

「ま、お手並み拝見とするか」

京四郎は小上がりに戻って、手酌で呑み始めた。

正平がついに出せなかった、綾乃の味を蘇らせねばならない。食べさせて、京四郎のかたくなな心を解かしたい。

さくらは手を動かす。

京四郎は酒をちびちびと呑む。

なにを考えているか、表情は暗くて読み取れなかった。

綾乃が見守ってくれている。

幼い頃に亡くなった母は、さくらのことをとても慈しんでくれた。

綾乃の京四郎への思いも同じに違いない。幼い京四郎を残してこの世を去る気持ちはいかばかりだったろう。

はらはらしながらも、今はただ見守るしかない綾乃さんに代わって、現世《うつしよ》にいるわたしがおせっかいを焼き、その心を解きほぐすのだ。

思いながら、寝かせてあっただごのもとを、手でちぎって丸め始めた。

（そや、生地をのばしながら入れな、もちもちにならへんて竜次さんが言うてたな）

逸《はや》る気持ちを抑えて、十分伸ばしながら丸め、汁の中に落とし込んでいった。

（竜次さんは、だごがちょっと溶けたくらいがええて言うてはった）

煮込んでから味噌を溶かし入れると、煮干しの出汁と味噌の香りが入り交じって、優しく鼻をくすぐった。

「綾乃さん、できあがりましたよ」

振袖に向かって心の中で手を合わせた。

だご汁を大きめのお椀に入れて青葱を散らすと、盆に載せて京四郎の前に運んだ。お椀の中から、味噌と煮干しの、濃厚な香りを放つ湯気が立ち上ってくる。

「ほっ」

京四郎の口から吐息のような声が漏れた。だが、ながめるだけで、お椀を持つことも、箸を手にすることもしなかった。

「実はね。綾乃さんに応援してもらっていたの」

店土間から見えない場所にかけてあった振袖を、小上がりまで持ってきた。

「大事な振袖に、なにしやがるんでえ」

声音は厳しい色を宿していたが、目の底に柔らかな輝きがあった。

「わたしが作ったには違いないけど、綾乃さんの手料理でもあるの」

「へっ。妙な小細工しやがって」

顔をくしゃくしゃにしながら、

「どうせ、まずいに決まってらあ」と決めつけた。

「とにかく食べてみて。ひと口くらい食べたっていいでしょ」

さくらの言葉に、京四郎は、黙ってだご汁に口をつけた。

「こ、こりゃあ……」

京四郎は大きく目を見開いた。

「ずいぶんと小せえ頃に食べたきりだけど……確かにこの味だった」

「正平さんは不器用な上に味音痴で、綾乃さんの味をどうしても出せないでいたの。何度も何度も工夫してたのに上手くいかなくってね。自死の直前にも作ってたの。京四郎さんに綾乃さんの思い出の味を食べさせて、泥棒稼業から足を洗わせたかったんだね」

さくらの話を聞きながら、京四郎はいつものようにかき込み始めた。だが、すぐに箸が止まった。

けげんな顔をするさくらに、京四郎は思いを吐き出すように語った。

「俺はよ。小せえ頃から、食うや食わずの暮らしだったから、腹がふくれりゃそれで良かったんだ。そのせいですっかり味が分からねえ舌になっちまってよ。どんなに上等の料理を出されたって、味わおうなんて思いもしなかったんだ。いや、味わったりするもんかって、ずっと意地になってたのかもしれねえな」

（わたしの料理も、美味しい不味いというんじゃなくて、味そのものを感じることがなかったわけね）さくらは黙ってうなずいた。

「けど……今これを食ってたらよ、思い出したんだ——おっかあの味を。おっかあのだご汁は美味かったなって思ったら、さくらが作ったこのだご汁をゆっくり味わってえものを、楽しんでみようって気になれたんだ」

「今からでも遅くないよ。これからはもっと味を楽しめたらいいね」

「ああ」

京四郎は短く答えて、今度はゆっくりと箸を使い始めた。

「正平さんのことも、もう少し分かってあげて欲しいの。正平さんは、京四郎さんが現れたとき、ありのままを受け入れて、かばってくれたでしょ。形見の振袖を見せられたって、そんな母子など知らぬ存ぜぬで追い返せば済んだ話。振袖小僧として江戸の市中を荒らし回っていると知ったときに、縁を切ることもできたけど、それもしなかったでしょ。それどころか……もしかして手助けしてたんじゃないの」

「……お屋敷の警護が薄い日やら、お宝の仕舞われている場所やら、悪《わる》どもから引き出した役に立ちそうな話をぽろりぽろりと漏らしてくれた」

京四郎は口の中に食べ物が入ったまま答えた。

「やっぱり陰から京四郎さんを手助けしていたんだね」

「毒食わば皿まで。俺がお縄になっちゃ、可愛い左門もろとも、身の破滅だからじゃねえのか」

湯呑み茶碗のお茶をごくりと呑んだ。

「どうしてそうひねくれているの」

「まともに育ったもんにゃ分からねえよ」

口を尖らせる表情は、二十四という歳よりずっと幼く見えた。

なにもかも受け止めてやりたいという、母親のような気持ちになった。

さくらも、だご汁をお椀によそって食べ始めた。

「だごって、もちもちとしてて、でもって、ぷるんつるんとしているよね。汁の具たちが仲良くしてるって思わない？」

黙って食べている京四郎を横目で見た。

「わたしは甘党だから、特に薩摩芋、南瓜の甘さがなんとも言えないな。味噌と煮干しのうま味の相性もぴったりだし。煮干し独特の魚らしい味と匂いが、昆布や鰹節とはひと味違ってるよね。普通の味噌汁とは違う、だご汁独特の風味が出ているでしょ」

一人でぺらぺらしゃべりながら、京四郎のお椀に、お代わりをよそった。

京四郎は黙々と食べ続ける。

味わうようにひと口、ひと口。

食べ終わると、丁寧な仕草で静かに箸を置いた。

箸を置く、かたりという微かな音が、さくらの作っただご汁への答えだった。

(良かった。味の勝負はわたしの勝ちや)

さくらは拳でぽんと膝を叩いた。

「なあ、さくら」

京四郎はさくらのほうに身体を向けた。相変わらず目を合わせなかったが。

「俺なんぞに、何でこんなふうにおせっかいを焼くんでえ」

「わたし、お腹の中に、おせっかいの虫を飼ってるの。京四郎さんがなんだか実の弟みたいな気がしてね」

「弟けえ」

京四郎はすねたように言いながら、そっぽを向いた。

風が戸口の腰高障子をほろほろと叩く。

「綾野ってえ姓はよぉ。爺ぃに会ったとき、とっさに名乗ったんだ。嫌がらせってえわけさ。けど、親父いや爺ぃは喜んでやがった。とんだ馬鹿でえ」

それきり京四郎は、言葉が迷子になったように黙ってしまった。

「俺は……」

形の整った唇が、わずかに動きかけたが、思い直したように、そのまま黙り込んだ。

さくらは食べ終わった器を静かに片づけ始めた。

「振袖小僧を廃業するぜ」

さくらの背中に向かって、つぶやくように言った後、京四郎は、立ち上がって大刀を腰にした。

「じゃあ……帰《けえ》らあ」

腰高障子を開け、粉雪の舞い踊る路地に踏み出していく。

良かった。

綾乃さん、気持ちが通じましたよ。

さくらは後ろ姿を見送った後、静かに腰高障子を閉めた。

あとは兄弟の和解。

それこそ、正平が一番望んでいたことだろう。

策はまだ浮かばなかったが、さくらは、次なるおせっかいを心に期した。

三

翌日の夜、表と裏の戸締まりをして二階の四畳半でうとうとしていると、店の腰高障子をとんとん叩く音が聞こえてきた。

はおっていた夜着をはねのけて耳を澄ませた。

「俺だ」

かすれているが、まさに塚本左門の声だった。

兄弟の和解の糸口がつかめるかもしれない、と心が奮い立った。

「万事終えてから、屋敷を抜け出してきたゆえ、遅うなってしもうた」

戸を開けたさくらに、左門は沈んだ声で言った。珍しく左門一人である。

「お酒にしますか。お酒なら残っていますから、ご遠慮なく」

「うむ。大いに酒を呑みたい気分だからな。今日は熱燗といこう」

左門は素直に応じると、大刀をはずし、小上がりに、どっかと胡座をかいた。

「ときに……あの綾野京四郎は来なかったか」

「え、ええ」

曖昧に答えるさくらに、

「隠すな。俺を誰だと思っておる。京四郎が振袖小僧ということも知ってらあ」

言葉の切っ先を突きつけてきた。

「まさか、そんなことって……それは確かなんですか」

ついに確たる証が見つかったのだろうか、それとも鎌を掛けているのか、左門の意図が読めず、惚《とぼ》けてみせた。

和解どころではない。京四郎をお縄にするつもりなのだ。

左門のことだ。その気になれば、正平と京四郎とが親子であるという証を、きれいさっぱり握りつぶすことができると考えているのだ。

京四郎が死罪になってしまう。鼠小僧のように、市中引き廻しの上、獄門に処されるのではないか。

急に動悸が増した。息をするのも忘れて、胸が痛くなった。

左門の意図を探り出し、胸襟を開いてじっくり話し合わねばならない。

こういうときこそ、心をこめて料理を作らなければ！

だが、手間暇かけていては、時を逸してしまう。さくらは板場に入って周りを見渡した。

昨日、竜次が持ってきてくれた蕎麦が残っていた。

油できつね色になるまで蕎麦を揚げ、熱いうちに塩をふった。

かりっ。

口に入れれば、香ばしい香りが口から鼻に抜けてくる。皿に盛って、熱めに燗をした酒とともに、左門に勧めた。

「蕎麦を揚げておったのか」

相変わらず、苦虫を嚙みつぶしたような顔だったが、声音は正直だった。

「塩加減が良いな。俺はあまり塩辛い物を好かんのでな」

揚げ蕎麦をぽりぽりいわせながら、さくらの酌で酒を呑み始めた。

「酒は下りもので名高い伊丹の『剣菱』がよいのだが、この店じゃ、地酒の『隅田川』がせいぜいだからな」

つぶやきながら、隅田川を美味そうに呑む。

さくらは空になった燗徳利のお代わりを持ってきて、さらに酒を勧めた。酒が入った左門は、問わず語りに話し始めた。

「振袖小僧の背恰好、剣の腕、あやつが江戸に現れた時期と、振袖小僧が盗みを働き出した時期。すべてが見事に一致するじゃねえか。驚いた俺は、配下の者を一切、使わず、身一つで探索したってえわけだ」

「もしかして、わたしが、京四郎さんが怪しいと言ったことがきっかけなのですか」

「ど素人の言に左右される俺だと思うのか」

左門は口をへの字に曲げて、視線を逸らした。

「で、京四郎さんを振袖小僧として捕らえるのですか」

「親父どのの遺書には、京四郎を見逃してくれと記されておった。ふっ。最期の願いをかなえねえのは親不孝ってえもんだろ」

左門は正平がいつも座っていた辺りに目を向けた。

身体の心棒が抜けていくような安堵を感じて、さくらは大きく息をついた。

「江戸を去るなら、すべて忘れてやると、おめえから伝えてくんな」

左門はさくらを横目で見た。

「京四郎さんは、振袖小僧はもう現れないと言っていました」

「それは確かなんだな」

じっと見詰めながら念を押す左門に、さくらは大きくうなずいた。

さくらのことを京四郎の色だと思い込んでいるなら、立ち入ったことも聞ける。二人を和解に持ち込むには、却って好都合だった。

空になった徳利を手に板場に入ると、燗をした別の徳利を持って店土間に戻った。

「あのひとから聞いていますが、何事も、一方だけの話では分からぬものです。詳しい事情を聞かせてくださいませんか」

「おうさ。聞かせてやらあ」

左門は目をぎらつかせながら、猪口の酒をぐいと呑み干した。

青白く湿った能面のような顔に、どんどん朱が差してどす黒い色に変わっていく。さくらは左門の猪口に酒を注いで、次の言葉を待った。

「塚本の家じゃ、二人続けて生まれた男児が、赤子のうちに亡くなって、三男の俺も病弱で何度も死にかけた」

いつの間にか武家らしい堅苦しい物言いになっていく。

「拙者もいつ死ぬか知れぬゆえ、出生届は出されぬままでな。今は亡き祖父上が、四郎を引き取り、武士の子として育てるよう、父上に命じられたのだ。父上は二つ返事で、赤子だった四郎を塚本の家に迎えられた。そこまでは、お家存続のためゆえ許せた」

さらに、突き放すような投げやりな口調に変わっていった。

「祖父上は、拙者が十三になろうというのに、まだ丈夫届を出させられなんだ。我が子が妾の子とすげ替えられると、悩み苦しんだ母上は『丈夫届をお上に出さぬのはいかなる所存か』との怒りを込めた遺書を残し、自害して果てられたのだ」

左門の顔は、まるで般若の面のように鋭く尖って見えた。

「お母上は自死されたのですか。初めて知りました」

「つまりだ。全ての元凶は、親父どのをたぶらかした綾乃なる女狐だったわけでえ」

左門は再び押し寄せてきた怒りに堪え切れないらしく、握った拳で己の膝を打った。

「それで、綾乃さんへの意趣返しのつもりで、幼い京四郎さんを暴れ馬の前に突き飛ばして、殺めようとしたんですね」

思わず前のめりになった。

「なにを申しておる。俺はそのようなことをする男ではないぞ」

左門はいかにも心外そうにさくらをにらみつけた。

「その場を見た綾乃さんが、このままでは我が子が殺されてしまうと正平さんに訴えたそうです。正平さんが取り合わないので、京四郎さんを連れ出して、江戸から逃げたと聞きました」

「それは初耳でえ」

左門は記憶をたぐり寄せるように押し黙った。

「ふうむ。暴れ馬とな」

顎を撫でながら、ゆっくり首をかしげたかと思うと、そうだとばかりに、ぽんと膝を打った。

「あれは確か……連れ立って両国広小路見物に行っての帰りだったな。浜町河岸で、暴れ出した馬を馬子がなだめてたっけ。大勢の野次馬に混じって見物していると、四郎めが転びおった。危うく馬に蹴られそうになった折は、俺も肝を冷やしたもんでえ」

「その話、本当なのですか」

「嘘を言ってどうする。ついてきていた中間の爺さんがよっく知ってらあ。五助なら今も小者として使ってやってるから、直に聞いてみりゃいいぜ」

「一瞬の出来事なので、綾乃さんの目から見れば、隣にいた塚本さまが突き飛ばしたように見えたということだったんですね」

左門がうなずいた。

「お聞きして良かったです」

黒い雲に覆われていた空が、晴れていく気がした。

左門は、酒で喉を潤した後、独り言のように言った。

「どうにも皮肉なもんでえ。母上亡き後の俺は、母上の分の命まで授かったように、めきめき健やかになって、この通りの偉丈夫に育ったってえわけだ」

「もしや……佐世さまは、塚本さまの身体が弱いことを案じるあまり、大事にし過ぎられたのではありませんか」

さくらの言葉に左門は、少し首をかしげたかと思うと大きくうなずいた。

「そう言えばそうだ。日に当たると身体に悪いと、いつも屋敷内で書を読むなど、大人しく遊ぶよう言われておった。めきめき丈夫になったのは、母上が亡くなられて後、同じ八丁堀同心の小童《こわっぱ》どもと外遊びするようになってからであったな」

「やはりそうでしたか。佐世さまのお気持ちも分かりますが、きっと度が過ぎたのでしょう……で、佐世さまは、我が子を守る者は自分しかいないと、どんどん思い詰めてしまわれたのですね。ほんとうに皮肉なことで……」

さくらの言葉が終わらぬうちに、二階から誰かが下りてくる微かな気配がした。

「四郎」「京四郎さん」

左門とさくらは、ほぼ同時に声を上げた。

京四郎の顔に表情はなかった。顔が透き通ったように青ざめていることが、行灯の薄暗い明かりでもよく分かった。

左門は左手に刀をつかんで立ち上がった。

「俺の女でも何でもねえが、さくらは確かに知り過ぎている。おめえが、我が身可愛さに、さくらを消すんじゃねえかと見張っていたんでえ。もっとも、むざむざ始末されるような女子ではないがな」

薄い笑みを浮かべながら、京四郎は雪駄を脱いで小上がりに上がった。静かに腰を下ろす。刀は、すぐにも抜刀できる左側ではなく、右側に置いた。

左門も刀を右側に置きながら、もう一度、座りなおし、二人は一間ほど間を空けて対面で座った。

店の内がしんと静まり、三味線をつま弾く音や、風鈴蕎麦屋と呼ばれる屋台の蕎麦屋の呼び声が細々と響いてくる。

「誰も悪くなかったんです。何もかもが、悪い方へ悪いほうへと、転がっていっただけなんです」

言葉を切って、二人の顔を交互に見た。

「……」

京四郎と左門は互いの目をじっと見詰めあった。強い視線がねじれて絡まり合う。息を詰めて見守るさくらの、膝に置いた拳の中が、湿り気を帯びていく。

固まった空気の中、二人の眼差しがふっと緩んだ。

さくらは、固く張り詰めた氷が解けていく音を聞いた気がした。

「俺は江戸を去る。あの帳面は持っていくつもりだが、振袖は親父の墓に入れてやってくんな」

京四郎はなんとも言えない笑みを浮かべた。

「うむ」

左門が、これまた言い表しようのない顔でうなずいた。

「なにか美味しいものを作りますね」

さくらは酒のお代わりを用意してから板場に入った。

さて、なにを作ろうか。豆腐や野菜なら半端に残っている。

(そうや。玉子があったわ)

まず『玉子ふわふわ』を作ることにした。

小鍋を用意し、鰹で取った出汁に醤油で味つけして煮立てた。ほんの少し砂糖を入れ

て、しつこいほどよくかきまぜた玉子を、

「えいっ」

気合いをこめて、ふちから一気に落とした。

玉子ふわふわは火加減が難しい。固まったらおしまいである。

「よし、よし」

ふんわり、ふわふわとできあがった。

(ええ匂いがたまらん、すまし汁の上に、ふわ〜っと玉子が浮いてる。見た目も、上手いことできたわ)

この場にふさわしい、優しい一品に仕上がっていた。

他にも手早く、蓮根の胡桃味噌、大根の青海苔和えを作ると、似合う器を選んで、それぞれ盛り付けた。

料理を作る間、二人は黙ったままだった。お互いが手酌で黙々と呑んでいる。

「良かったら召し上がってください。普段ならたっぷりお代をいただくところですが、今晩は、びた一文も要りませんよ」

努めて明るい口調で、二人の前に料理を運んだ。

京四郎と左門は、お互い、口をきかないまま料理に手をつけ始めた。

「黄色、茶、緑と、彩りも良いではないか。特に、この玉子ふわふわは、世間にようある、泡を食っておるような、頼りない食い心地の代物ではのうて、味の輪郭がしっかりあって良い。親父どのとはえらい違いだな」

左門はほんの一瞬、笑みを見せたが、またも小難しい顔で唇を引き結んだ。

「京四郎さんはどうなんですか」

「食い物なんて食えりゃいいんだ」

京四郎はすげなく返した。

「ひどい。だご汁を食べたときに言ったことは嘘だったんですか」

さくらが頬をふくらませ、左門がじろりと京四郎のほうをにらんだ。

「けど、美味けりゃもっと良いってこった」

京四郎はいたずらっぽい笑みを見せた。

「わたしも一杯、いただきます」

猪口にほんの少しだけ、手酌で酒を注いだ。

「わたし、呑んだことがないんです。でも、いつか居酒屋を始めたいと思うんだから、呑めるようにならなきゃ駄目ですよね」

舐めるようにほんの少し口に含んでみた。そっと喉に流し込むと、ほんわりと喉が温かくなった。たまにはお酒も悪くないなと思えた。

左門が、むっつりした顔のまま、さくらのほうに膝を向けた。

「俺は、親父どのの期待に応えようと背伸びしておった。親父どのが手柄の種を集めてくれたお陰で今日があるだけで、俺の手柄でも何でもなかったのだ。力也には悪いことをした。先だっても言ったように、真に力也の行く末を案じておるのだ」

さくらも左門に正対して丁寧に頭を下げた。

「わたしも謝らねばなりません。左門さまのことを、人の情けがわからない酷いお人だとばかり思っておりました」

気づけば、呼び方がいつの間にか、よそよそしい『塚本さま』から『左門さま』に変わっていた。

「う、うむ」

左門はなんとも言えない、酸い笑いを浮かべた。

「なあ、四郎」

京四郎のほうに向き直った左門は、京四郎の猪口に酒を注いだ。京四郎は、一瞬戸惑いながらも黙って受けた。

「振袖小僧の正体について、町方はまだなにもつかんでおらぬ。秘密を知っているのは俺だけだ。俺の口から漏らすことはあり得ぬから安堵せい」

難しい顔のままだったが、言葉の奥に柔らかな何かが感じられた。京四郎が、無表情なままこくりとうなずく。

「この江戸におってもよいぞ。四郎、そうすればよい」

左門の声音には、肉親の情めいた温かみが宿っていた。

「俺は……一度、江戸を離れて、麻糸のようにもつれた頭の内をじっくり解きほぐそうと思うのだ」

とつとつと言葉を紡ぎ出した京四郎に、

「それがよいかも知れぬな」

左門が初めて白い歯を見せて笑った。

酒のお代わりのため、板場に入っている間に、

「江戸を出て、いずこへ向かうのか。当てはあるのか」

「東海道を下って京に向かってみようと思うのだ」

「それはちょうどよい。実は……少しばかり頼みがあるのだ」

二人が打ち解けたふうに話す。

(ほんまに良かった)

正平は早まったことをした。それが残念だった。

だが、憎しみ合っていた二人を結びつけたのだから、正平も本望だろう。

酒宴は続き、夜明け近くになって、左門は面番所へ、京四郎は辰五郎親分の元へと帰っていった。京四郎は近いうちに江戸を発つのだろう。

瓢亭の難題は根雪が解ける春を迎えた。

次はいよいよ長兵衛との約束を果たすときだ。

頑張ろうと、さくらは口をきゅっと引き結んだ。

四

左門と京四郎が帰って、二階でひと眠りしようと思っていると、竜次がひょっこりやって来た。

「お見世のほうは大丈夫なんですか」

「近頃は、出汁を取らん、具もほとんど入れん味噌汁だけやさかいに、作るっちゅうても簡単なもんや」

「菜もないんですか。竜次さんも工夫の仕様がないですね」

「客に出す茶請けを作るくらいやさかい、せいがないこっちゃ」

「食事がそんなじゃ、皆《みんな》、病気になっちゃいますよ」

「女郎は自分の金でたらふく食えるよう、頑張って客を騙したらええっちゅうこっちゃろ。喜左衛門は稼げん女郎は要らんさかい、早よ死ねて思てるんや。ほんで、どうやら我が身は賭場に出入りしくさってるようやで」

「見世が左前になったから節約するというのなら、まだ分からないでもないですが、自分は遊びにお金をつぎ込むなんて許せませんね」

「今のところ、帳場を預かる番頭として、幸助はんがにらみを利かせてるさかいに、見世からの持ち出しは、小遣い銭程度で収まってるけんどな」

「番頭さんが強面《こわもて》の幸助さんで良かったです。凄みのあるあの顔でにらまれたら、誰でもすくんでしまいますからね」

「幸助はんは、十五年ほど前に、親父はんに救うてもろた恩があるんや。ほんまやったら、打ち首獄門で、今頃、この世におらへん極悪人やがな」

「へええ、それって、ほんとですか？　ちょっと大げさじゃないんですか」

「吉原は世間とはちゃう、別の世界やさかいな。幸助はんみたいに、市中なら無事で済まん悪党が、あんじょう生き直せてる。そないなもんがここにはぎょうさんおるんや」

竜次はいつになくしんみりした口調で言った。

「幸助はんは、亡くなった親父はんのためなら命も惜しない男や。いよいよとなったら、喜左衛門を刺し殺すくらい、ほんまにやりかねんで」

「ええっ」

いかにもありそうで、急に心配になってきた。

「ま、それだけの気迫があるさかいに、喜左衛門も今はまだ、大人しゅうしてるっちゅうわけやけどな」

言いながら板場に入って、持ってきた包みを開いた。

中には色鮮やかな柿が入っていた。

包丁を手に、いつもながら見惚れるような華麗な手さばきで切り始める。

「これからどないするかやな。わいが働き口、また探したるけんど、そう簡単やあらへんしな」

「次の落ち着き先が決まるまで、瓢亭で寝起きできるよう、大家さんに頼んでおくって、左門さまが言ってましたから、急いで探さなくても大丈夫です」

「ほんまかいや。あの塚本のぼけなすがなあ」

事情を知らない竜次は不思議そうに首をかしげた。

「ま、『焼き柿』でも食おかい」

竜次は、櫛形に切った柿を網の上に載せて炙り始めた。まんべんなくきれいな焼き色がつくまで、何度も裏返しながら焼く。竜次に似合わない繊細な手つきが、いつものことながら不思議だった。

（そないいうたら、竜次さんの料理するとこ見るのは久しぶりやった）

佐野槌屋の台所で竜次の手練を見た頃が、宝物のように大事な時間だったと、いまさらながらに思い知らされた。

なんとしても見世に戻りたい。

手立てが、いまだに見つかっていないことが歯がゆかった。

「ま、食うてみ。味醂をかけたらもっと美味いんやけどな」

串に刺してくれた一切れを口に運んだ。

くにゅっ。

柔らかな食感と焼き目の香ばしさ。なにより甘さがたまらない。

「うわっ、何ですかこれは！　初めて食べましたが、とろとろ柔らかくって、熟した柿みたいな口当たり。柿特有の良い匂いと甘さが、ぐーんと増えていてすごいです」

二人で食べると、たちまち焼き柿は消え失せてしまった。

何も置かれていない小上がりに、並んで腰を掛け、白湯を呑み始めた。

「実はな……千歳の突出しのこっちゃけんどな」

竜次にしては妙に沈んだ口調で、ため息を漏らした。

「いったいどうしたんですか」

急に動悸が増した。

さくらは湯呑み茶碗を盆の上に置いた。

「白水屋の惣兵衛はんのこっちゃけどな。京からの帰りが早まって、明日戻って来るっちゅうねん」

「それはまずいんじゃないですか」

さくらは思わず腰を浮かした。

「喜左衛門は、明後日田川屋で一席設けて、惣兵衛はんに、千歳の道中の突出しはせんことになったて、話しするて、今朝になって言い出しよったんや。ぎりぎりならともかく、七日ならお披露目の日までまだ十一日あるさかいな」

「惣兵衛さんに助けてもらうわけにはいかないんですか」

「そら、なんぼ何でも無理やで。急な話やしな。喜左衛門かて、出してもらえるとは、端から思てへんがな」

「そりゃそうですね。急に何百両も余分に負担するなんて、いくら何でも難しいですね。商いの上の入り用ならともかく、遊里にまつわるお金ですからね。惣兵衛さんだって『それなら御役の分も引き受けよう』というのは無理ですよねえ」

さくらは小上がりにもう一度、腰を下ろした。

「喜左衛門のぼけは、惣兵衛はんに、突出しはせんて言いにいくことで、見世のもんに、はっきり、己の力を知らしめるっちゅう魂胆や」

「佐川さんが御役として今までに用意していた金子がどのくらいか、わたしには想像もつきませんけど、使われないまま残るわけですよね。で、喜左衛門は、後々、見世が自分の物になったら、博打とか、好きに使う魂胆なんですね」

「幸助はんは、喜左衛門の言うことを無視して、突出しの準備を押し進めとったたんやけどなあ」

続いていた綱引きが、とうとう喜左衛門の勝ちに決まってしまう。力が抜けて、背中が老婆のように丸くなっていく気がした。

「……で、幸助さんはどう言ってるんですか」

「お披露目の支度はあくまで止めへんて頑張ってるけど、そらもう、がっくりきてるで」

「幸助さんがはやまった真似をするとは思えませんけど……はやまったことをしそうと言えば……」

「それなんや。千歳のこっちゃがな」

竜次はぽんと膝を打って、身を乗り出した。

「喜左衛門が惣兵衛はんに断りに行くて言いさらすのを聞いて、御内所で倒れよったんや。すぐに正気に戻ったから良かったけんどな。ほんま、可哀想で見てられへんわ」

「千歳ちゃんと会えませんか。喜左衛門の目があるから、わたしが見世に行くのはまずいですけど……」

「千歳は毎晩、大引け前に九郎助稲荷に行って、お百度参りしとる。『どうか、突出しができますように』てな」

「あんな寂しい場所に、そんな夜更けに行くなんて……」

「わいの家から近いさかい、隠れて様子を見に行ってるんやけどな」

「そうだったんですね。じゃあ、今晩はわたしが行ってみます」

「そないしたってくれるか。千歳のことやさかい、今晩はなおさら行くと思うで」

竜次はよほど千歳が心配ならしい。さくらも同じ気持ちだった。

妹のように思っていた佐川だけでなく、佐川の妹女郎たちとも強い縁で結ばれている。

「千歳ちゃんは、佐川さんがほんとうに自死したと思っていますからね。自死した理由もわからないままになってますし」

「生きてるて、言うたりたいんやがなあ。そうもいかへんしな」

竜次が、何度も顎を撫でた。

姉女郎と妹女郎の絆は強い。

過酷な暮らしの中で肩を寄せ合う暮らしは、実の姉妹以上に濃密な関係だった。だからこそ、姉女郎は『御役』を名誉に思い、妹女郎の門出のために、せっせと費用を蓄えるのだ。

二人の妹女郎の独り立ちを控えて、いきなり自死してしまった佐川に対して、割り切れない思いは強いだろう。

「呼出しになれなきゃ、佐川さんの名を継げないのも悲しいですね」

「そこやねん」

竜次が、深い睫毛を瞬かせた。

憧れだった呼出し昼三にもなれず、敬愛した佐川の名も継げないとなれば、千歳は……。

おせっかいどころではない。居ても立ってもいられなくなった。

「なにか、とびきりのおやつを作って持って行きます」

曲がっていた背中がしゃきんとのびた。

「ほな、わいは帰るさかいな。あんじょう頼んだで」

竜次がそそくさと帰ったあと、さくらはさっそく買い物に出かけた。

あちこちの店をゆっくり回って品をよく吟味し、栗と干し柿、そして値が張る味醂を少々と砂糖も奮発した。

今から作るお菓子は『柿衣』だった。

まずは湯を沸かせた鍋に栗を入れて、四半刻余り茹でてから皮をむき、さらに茹でた。たっぷりの砂糖と、味醂を加えた水に、柔らかになった栗を入れ、四半刻足らず煮てから、味がしみこむようゆっくり冷ました。

昨晩は一睡もしていなかった。冷めるまで少し休もうと、二階へ上がって布団を敷いて横になった。

千歳のこと、お勢以とおるいのこと……あれこれ考えると、肌寒い朝なのに背中に嫌な汗が、じんわりにじむのを感じた。

ともかくできることからするしかない。

つらつら考えるうちに、疲れが出たらしく、いつしかぐっすり眠りこんでしまった。

夕刻近くに起きたが、まるで空腹を感じなかった。

干し柿のへたを取って、破らないよう種を取った。中に栗の甘煮を入れて、串で口を閉じ、低めの油でさっと揚げた後、冷めてから輪切りにした。

これでよし。

可愛い形の柿衣ができあがった。懐紙で丁寧に包んで盆に載せ、店土間との間にある出し口の上に載せた。

小上がりに座ってぼんやりしていると、夜見世が始まる頃になって、竜次が、ひょっこりと姿を見せた。布巾を載せた丼鉢を手にしている。

「おんどれのことやさかいに、なにも食うてへんやろ思てな」

瓢亭の内に入るなり、さくらの顔の前に丼を突き出した。

「ありがとうございます」

受け取りながら、竜次とともに小上がりに上がった。お茶を淹れて竜次に勧める。

「『うずみ豆腐』や。熱いうちに食うてみ」

竜次の言葉に、箱膳からお箸を取り出した。

「ご飯と豆腐とお味噌ですか」

ほかほかの白いご飯の下に、これまた純白の豆腐、さらにその下には、味噌が渋い色をのぞかせていた。素朴な色が食欲をそそる。

「敷き味噌には煎った白胡麻とわさびを入れてあるんや。胡桃と鰹節も混ぜてる。早いとこ、ざくざくっと混ぜて食うてみんかい。できたてを食わそ思うて、冷めんよう走って来たんやさかいな」

竜次の心遣いに胸が熱くなった。

「じゃあ」

ざっくり、そしてしっかり混ぜた。白と純白と茶色がほどよく混ざり合う。

味噌の香ばしい匂いが鼻をくすぐった。

「早よ、食うたらんかい」

竜次が急かす。

ひと口、そっと口に入れて、ゆっくり味わってみた。

「わあ、さっぱりしてる。ご飯はさっとお湯をかけて、粘りを取ってあるんですね。もさもさした口当たりじゃないところがいいですね」

「そやろ。さくらにしたらよう気がついたな」

「つるりとした豆腐、もさっとしながらも、胡桃のかりかりが混じった味噌。胡麻や鰹節の風味が、味を複雑にしているってところですね」

「おお、いっちょ前に偉そうに言いくさってからに」

竜次がかかかと笑いながら、白い歯を見せた。

「ああ、美味しかった」

丼はすぐ空になってしまった。心がほわんと温かくなって、気持ちが前向きになった。

「しっかり滋養もあっていいですね。確か『豆腐百珍』に載ってましたよね」

「知ってけつかったんかいや。しょうもな」

竜次はさくらの頭をげんこつで叩く真似をした。

「また明日も仕出しをお願いしますね。お代は、取り立てなしの掛けで」

首をすくめて手を合わせた。

「ほんまに殴るで」

「きゃあ」

竜次の拳を、大げさにかわしながら、板場に逃げ込んだ。

「ごちそうさまでした。ほんと、腹が減っては戦《いくさ》ができぬですもんね」

洗った丼を竜次に手渡すと、

「ほな、わいは帰るで。千歳のことくれぐれも頼んだで」

竜次はいつもせわしない。言うなり腰高障子を引き開けて路地に飛びだした。あっという間に姿が遠ざかっていく。

途中でふっと振り向くと、

「千歳が行きよるのは大引け前やさかいな」

それだけ言って、今度こそ路地の木戸から姿が見えなくなった。

さくらは大引け前から九郎助稲荷に向かった。

吉原の四隅には稲荷社があって、遊女たちの信仰を一番集めているのが、京町二丁目のはずれにある、この九郎助稲荷だった。

隣は稲荷長屋、その向かいは三日月長屋と呼ばれる、最下級の女郎屋があった。茶めし、酒などと書かれた、居酒屋の掛行灯も、今は灯が点っていない。

見世の内にはまだかすかに人の声や物音があったが、しだいに気配が消えていった。尻尾を垂れた老犬が、目の前をのろのろと通り過ぎ、さくらはひやりとする冷気に、胸元をかき合わせた。

妓楼の内で若い者が打つ、大引けを知らせる拍子木の音が微かに響いてきた。火の番が火の用心を触れて回る声も遠い。

暗い空を雁が鳴きながら飛んでいく。辺りはどこもかしこも深閑としていた。社務所の前の常夜灯の明かりだけが、頼りなげな光を放っている。

「朝にめまいを起こして倒れたというし、今晩は来ないのかも」

さくらが独り言を言ったときだった。

ふらふらした足取りで九郎助稲荷に近づいてくる、か細い影があった。千歳と知っていなければ、夜中に遊女の亡霊が出たと思えたろう。

「千歳ちゃん」

驚かさないよう、明るく声をかけた。

「ひっ」

千歳は一瞬、飛び上がらんばかりにして足を止めたが、さくらと知ってすぐに駆け寄ってきた。

「何で、さくらさんがこんなところにいるんだよ」

驚きの中に嬉しさ、懐かしさの色があった。

「お百度参りしてるって、竜次さんに聞いたので、ここに来れば会えるかなと思って」

「さくらさんと話せるのは久しぶりでえ。わざわざこんな刻限に待っててくれたのけえ」

「ずっと気になっていたんだけど……」

言いかけるさくらに、

「ずっと心配してたんだ。あんなことになって、いきなり見世を追い出されちまったからよ。あんときゃ、佐川姉さまみてえに、もう二度と会えねえと思ったんだけど、竜次さんから、瓢亭で働くことになったって聞かされて、いつでも会いに行けるって、安心してたんだ……そしたらよ、瓢亭のお爺さんが亡くなったっていうじゃねえか。この先、いってえどうするんだ。どこへ行っちまうんだ。わっちは近くにいるってだけで心強かったのによ」と堰《せき》を切ったように訴えた。

自分のことでそれどころじゃないはずなのに……。

千歳の優しさ、真心が嬉しかった。

「心配してくれてありがとう。わたしは大丈夫。この吉原の中で、きっと働き口を探してみせるから安心して。わたしも千歳ちゃんをはじめ、お見世の皆が気になって、廓の外に出て行く気になれないんだもの」

「ほんとけえ。そりゃあ良かった」

千歳は声を詰まらせた。夜目にも、少し痩けた頬にぱっと赤みが差した。

社務所の中は灯の色もなく、静まりかえっていた。

「ちょっとここに座らせてもらおうか」

鳥居の奥にある石灯籠の段に腰を下ろした。幸い、少し肌寒い程度で、寒さは感じなかった。お尻の下だけが、ひんやりした。

「これ、柿衣っていうの。食べてみて」

懐紙を開いて、可愛いお菓子を千歳の目の前に差し出した。

「何でえ」

千歳は一つつまむと、小ぶりな歯でゆっくりと噛んだ。

「美味しい。柿の中に甘い栗が入ってるとは贅沢だなあ」

「わたしも」

さくらも口にする。

ほんわり、まったりとした柿の甘さが、口の中にふわりと広がっていく。

柔らかな香りがした。滋味豊かな甘味が嬉しい。

油で揚げた表面はかりっとしていて歯触りも楽しい。栗は、柔らかすぎず、ほどよい歯応えがあった。

「もっと作ってくれたら良かったのに。持って帰って、はつねやつるじにも食わせてやりたかったな」

千歳はさくらを横目で見ながら、甘えるような口調でぼそりと言った。

「ごめん、うっかりしてた。わたしってほんと気が利かないんだよねえ」

誰かのことを考えると、そちらばかりに気持ちが行って、他のことが見えなくなるのは、さくらの悪い癖だった。

「そういえば、はつねちゃんとつるじちゃんは、今度は千歳ちゃんの禿になるんだよね」

「また一緒にいられるのが嬉しいよ」

千歳は無邪気な笑顔を返した。

佐川の妹女郎だった、振袖新造の千歳と袖浦、禿のはつねとつるじ。四人は、いや、佐川を含めて五人は本当の姉妹のようだった。

「五人そろっていたときが一番、楽しかったんだよなあ」

千歳は夜空を見上げてつぶやいた。

袖浦が不運に襲われ、いままた千歳の行く末に暗雲が立ちこめている。

いや、もう雲は晴れることなく、雨でずぶ濡れになることは明らかだと思えば、干し柿がほろ苦く感じられた。

「よりにもよって、今日、白水屋から積夜具が届いたんだ。ほんとならものすげえ嬉しい日になるはずだったのによ」

千歳の横顔に、石灯籠に灯った灯がちらちらほのめく。

遊女が独り立ちして部屋を持つとなると、一番、物入りなのは積夜具だった。

高位の遊女の場合、布団三枚夜着一枚からなる、派手派手しく大仰で豪華な布団一式で、五十両ほどもした。

積夜具は、送り主の名を筆太に記した札を付けて、目立つ場所に仰々しく飾られる。見世の誉れでもあり、贈られた遊女の誇りともなるはずが、喜左衛門が最後通牒を突きつけた日と同じ日だったことが皮肉だった。

「他にも色々、届いているってえのになあ」

家具や調度なども、続々と届けられて、突出しの日を待っている。

「わっちは気がもめてならねえよ。惣兵衛さんがへそを曲げねえかってよ。惣兵衛さんは姉さまにぞっこんだったからよ。姉さまへの供養ってえ気で、名前を継ぐわっちも贔屓にしてやるかってだけでえ」

千歳が、平の昼三にしかなれないとなると、佐川の名を名乗れず、花魁道中もできない。惣兵衛にすれば面子があるから、大見世二楼のうちのいずれかに通うと言い出すに違いない。

白水屋との縁が切れれば、積夜具をはじめ、なにもかも引き揚げられてしまう。

千歳の不安が、さくらの心を暗くした。

「わっちは姉さまのようにきれいじゃねえし、賢《さと》くもねえ。姉さまのようにお公家さまの出どころか、生まれは深川の貧乏長屋でえ」

背を向けた千歳の細い肩が小さく震えている。

まだまだ蕾の千歳は、佐川の後光が差すような美しさにはほど遠い。磨けば光る玉にせよ、何事もこれからだった。

「千歳ちゃんは、佐川さんに負けない美形だよ。大人になっていくにつれて、色気も出てくる。それに……生まれはともかく、小さな頃から、芸事やら書画やら教養を身に付けてきたでしょ。全然、卑下することはないよ。惣兵衛さんは、佐川さんの代わりというだけじゃなくって、千歳ちゃん自身をちゃんと気に入ってくれてると思うよ」

さくらの励ましに、千歳はふるふると首を振った。

「姉さまはどうして急に死んじまったんだろうなあ」

千歳は満天の星空を見上げた。

「きっと誰にも言えない深い悩みがあったんだろうね」

「わっちにも袖浦にも、さくらさんにも言えねえなんて、水臭いじゃねえか」

やはり佐川に心酔していた千歳に、佐川の自死は暗い影を落としていた。

「姉さまは、わっちが呼出し昼三になることを楽しみにしてた。御役を引き受けて、たくさんの金子が入り用になることも、かえって誉れだと思ってくれてたんだ。なのに突然自死するなんて分からねえ。わっちは今すぐにでも、姉さまに会って、いったいどういうつもりだったんだって問い詰めてえや」

千歳は激しい気性である。喜左衛門への面当てもあって、佐川の真似をするのではないか。気がかりが、黒い雲のようにどんどん広がっていく。

いっそ、佐川は生きている、遠く離れた地で生き直していると打ち明けようか……と、唇が動きかけたときだった。

「わっちは姉さまのようにはなれなくても、売れっ妓の花魁になるんだ。親に孝行してえんだ」

話の風向きがふいに変わった。

「親御さんは健在なんだね。どんな人なの」

「おとうは腕の良い廻り髪結い師だったがよ。つまらない喧嘩に巻き込まれて、右腕に怪我をしちまってよ。仕事ができなくなったんだ。借金が嵩む一方なうえに、わっちの下にきょうだいが四人もいてよ。とても食っていけねえ。口減らしってえわけで、わっちは六つで売られてきたんだ。きれいなべべを着て、白いまんまが食べられるって言われてよ。まあ、それは嘘じゃなかったよ……で、この夏、久しぶりにおとうが訪ねてきたと思ったら、おっかあが病で倒れたって言うんだ。わっちは、たくさん稼げるようになって、おっかあに、もう要らねえってほどたくさんの高麗人参を買ってやるんだ」

「千歳ちゃんは親孝行なのね」

「呼出しになれねえのは残念で、思うだけでもはらわたが煮えくりかえるんだけどよ。呼出しになれなくたって頑張って稼ぎゃいい。姉さまの名を継げなくたって、わっちは負けねえ。平昼三からきっと呼出し昼三に這い上がって、立派に佐川の名前を継いでみせらあ」

「そうよね。ものすごい売れっ妓になれば、きっと、佐川さんのように、特別に花魁道中ができるようになるよ」

吉原内の決まりが、そう易々と踏み越えられるかどうか分からない。だが、千歳ならできるに違いない。

「がっかりして落ち込んでばかりいるって思ったんだけど、わたし、千歳ちゃんのこと見くびってたね。ごめんね」

千歳の心意気にさくらのほうが励まされてしまった。

「あれほど強かった姉さまの心が、どうしてぽっきり折れたのか、わっちには分からねえけど……わっちは、姉さまより強く生きるんだ。それが可愛がってもらった姉さまへの恩返しだと思うんだ」

誇らしげに顔を上げた千歳は、大人の顔をしていた。

佐川は、周りから、お高くとまっているだとか、難しい書物ばかり読みふけっていて妹女郎の面倒見が悪いなどと、陰口を叩かれていたが、妹女郎をしっかりと育てていた。

千歳が佐川の自死を真似るはずがなかった。

「千歳ちゃん、頑張ってね。わたしも……今すぐ、なにかできるわけではないけど、とにかくできることからやってみるよ」

「さくらさん、その意気だよ」

あらゆる災厄を吹き飛ばすように、千歳は明るく笑った。

「わたしも頑張るね」

喜左衛門はまだ後見人でしかない。あくまで佐野槌屋の主はお勢以である。

やはり女将さんを動かすしかない。

喜左衛門が、田川屋に惣兵衛を招くのは七日である。あと二日ある。さっそく動きだそう。

しっかりおせっかいを焼こう。
（旦那さん、頑張りますからね）
思いを新たにしたさくらは、千歳と一緒に、澄んだ星空を見上げた。

第四章　母の味、小禽雑炊

一

さくらは夜明け前から、竜次の住まいに向かった。

「千歳はどないやった？　ちょっとは励ましてやれたか」

「それについてなんですけど……わたしの話を聞いてください」

寝ぼけ眼で戸口に出てきた竜次にさくらはまくしたてた。

「喜左衛門を押さえられるのは女将さんしかいません。女将さんにしっかりしてもらわないと。わたし、女将さんが変われるよう、頑張ってみようと思うんです」

「そないなことできるかいや。あのほにゃほにゃしたお勢以はんがやで」

「きっと変われます。まずは女将さんとおるいちゃんが和解して、親子の絆をしっかり結ぶんです。子を持った女は強いです。女将さんだって……」

「あほくさ。そないな夢物語、上手いこと運ぶわけあるかいや」

「もう日にちがないのは分かってます。でも、少しでもやれることがあれば、試してみたいんです。上手くいくかどうかはともかく、まずは女将さんとおるいちゃんの仲を、なんとしてでも取り持ちたいんです。亡くなる前日に、旦那さんからわたしに託された遺言ですから……で、お願いがあるんですが……」

「なんやいな」

「女将さんが、瓢亭に来るよう計らって欲しいんです。この前はいきなり小禽雑炊を作ろうとして大失敗でしたけど、今度はわたしが横について手伝います。最初から最後まで女将さんの手で作ってもらいます……で、おるいちゃんを呼んで食べさせるんです」

「なるほどなあ。やるだけやってみるのはええかもしれんな」

竜次ははだけた胸元をぼりぼりかいた。

「ま、なんとかなるやろ。喜左衛門のぼけなすは、寄り合いっちゅう名目で、よう出かけよるさかいに、その隙にお勢以はんを行かせたるわ」

「よろしくお願いします」

頭を下げるさくらに、竜次は白い歯を見せた。

「小禽やけどな。吉原内にはまともな鳥屋があらへん。わいがええのを調達して、お勢以はんに持たせたるわ」

「それは助かります。どこで手に入るか心配になっていたところでした」

「任せとかんかい。ところで、大坂には古うから八百屋町に『飛禽店《とりみせ》』ちゅう鳥屋があるんやけど、知っとるけ?」

「父から聞いたことがあります。店先には孔雀がいたとか、鸚鵡《おうむ》に言葉を教え込んで、店に来たお客さんを面白がらせていたとか。広い池のある林を持っていて、色々な鳥を育てているんですよね。残念ながらわたしは行ったことがないんですけど」

父平山忠一郎が、子供だったさくらに、店の様子を語ってくれたことを思い出した。よほど感嘆したのか、生真面目に着物を着せたような忠一郎が、羽を広げた孔雀や鸚鵡の真似など、身振り手振りで面白おかしく見せてくれた姿が、二十年以上経った今でも、心に強く残っていた。

「飼うための鳥だけやのうて鴫《しぎ》とか鶉《うずら》、鴨、鶏、雁やら、軍鶏の肉も売っとるねんで」

軍鶏と聞いて、力也と一緒に食べた軍鶏鍋の濃厚な味が舌に蘇ってきた。

「わいも、たまには鳥の料理をしてみたいのお」

「今の台所じゃ、野菜と豆腐に、安い魚や貝がせいぜいで、鳥なんて縁遠いですよね」

二人してため息が出た。

「そうそう。今回は、なんの鳥を使うのですか」

「鶉か雀なら季節に関係のう売られてると思うけんど、どっちゃにするかは、鳥屋に行ってから決めるわ」

竜次の言葉に、店先に並べられた鳥のさまが、ふっと目に浮かんだ。

「女将さん、気持ち悪い、怖いって思うでしょうねえ」

台屋から取った仕出しでも、料理屋で食べる料理でも、元の姿などまったく残っていない。あのお勢以に、羽をむしって、骨ごと全部叩いて団子にすることなど、はたしてできるだろうか。

「この前は、包丁の使い方でくじけよって、わいが全部したさかいに、下ごしらえにすらたどりついてなかったけどな。確かに無理やろなあ」

「わたしが代わりに下ごしらえするのじゃ意味がないですしね」

「ま、そこまで堅いこと考えんでもえぇで。でたとこ勝負や」

「それから……後でおるいちゃんを誘い出しに行きますから、よろしくお願いします」

「ふらふら外へ遊びにいってしまわんよう、上手いこと言うて、台所で遊ばせとくわ」

「じゃあ、これで」

いったん、瓢亭に戻ったさくらは、店が開く頃合を見計らって、買い物に出かけることにした。

お米はまだ残っていたが、味噌もなくなっている。

要るだけの味噌を買ってから、揚屋町にある八百屋に向かった。八百屋の店先には野菜の他に、辛子やきな粉も売られている。自家製の漬け物も樽に入れて並べられていた。

「芹《せり》が一番ええんやけど、春先のもんやさかいになあ。芹に代わるもんちゅうたら……芹の仲間の三つ葉かて、今はあらへんし。韮も無理やしなあ。しょうないから葱にしよか」

ぶつぶつつぶやいていたときだった。

「明け渡しはいつでも良いと言ったらこれだ。どっしり居座って居酒屋を続けるための買い物ってわけか」

左門が声をかけてきた。口辺に微かな笑みが浮かんでいる。

「ちょっとお客さまがあるもので」

「ほう。瓢亭に客たあ、いってえ誰でえ」

「さすが八丁堀の旦那。詮索がお好きですねえ。ちょっとお人が来て、色々とね。それで、おもてなししようかと思っているんです」

「詮索好きでなきゃあ、手柄はあげられねえんだよ。どんな些細なことでも、それが手柄の糸口になるってこともあらあ」

左門は口をへの字に曲げた。

「ところで京四郎さんはいつ江戸を発たれるのでしょうか」

「『辰五郎親分に挨拶し次第、すぐ江戸を後にする』って言ってたぜ」

「ええっ。それはまた急な話ですね。そんなに急がなくたっていいのに」

あれきりぷつりと縁が切れてしまったことに、さくらは一抹の寂しさを覚えた。

「まあ、色々あってな」

左門は思わせぶりな口調で答え、さくらはひやりと冷たいものを感じた。

「まさかあの後、兄弟喧嘩なんてことではないでしょうね」

「勝手に想像してくんな」

左門はにやりと笑うと、そのまま立ち去っていった。

「あーあ」

さくらは、肩を怒らせながら、東海道を西へ向かう、京四郎の旅姿を思い浮かべた。

昼九ツ過ぎになって、女中のおりきを伴ったお勢以が瓢亭にやってきた。今日は狆と一緒ではなかった。

「はい、竜次さんからさくらに渡してくれって。なんだか知らないんだけどね」

おりきがずっしりと重い油紙の包みを手渡してきた。

「それでなんの用だい」

お勢以は落ち着かない様子で、薄暗い店の内をきょろきょろ見渡した。

「まあ、座って一服してください」

さくらは小上がりに二人を上げて、お茶を出した。

「あれから狆はどうしてますか」

「可愛くないとか、馬鹿犬とか、なんだかんだ言いながら、お嬢さんが福丸と名をつけて飼ってなさるよ」

おりきが可笑しそうに答えた。

「それは良かったです」

「福丸と遊んでいるさまを見ていたら、やはり無邪気で可愛いなって思えてねえ」

お勢以は大福のようにふくよかな顔をほころばせた。

「とはいえ、お嬢さんにも意地がおありなさるからね。すんなりいったわけじゃないんだよ」

おりきが前のめりになった。

「……というと？」

「竜次さんが知恵を貸してくれたんだよ。いったん小菊花魁が飼うことにして、花魁からお嬢さんに、『福丸を思い出して辛いから、代わりに飼って欲しい』と頼ませたら良いって。で、その通りにしたら、すんなりお嬢さんが飼うことになったんだよ」

「そうなんですか。竜次さんも考えましたね」

人情の機微にうとそうな竜次の、機知に富んだ計らいが意外だった……と、ともに、お勢以を介した狆をあくまで拒んだおるいが、果たして手料理で和解できるか心配になった。

だが、何事も当たって砕けろである。

「お手伝いしますから、女将さんの手で作ってみませんか」

「作るってなにをだい」

「この前、作れなかった小禽雑炊を、今日こそ作るんです。で、おるいちゃんに食べてもらうんです」

「ええっ。小禽雑炊だって？　とんでもない」

お勢以は丸い目をさらに丸くした。

「女将さんにはとても無理だよ。この前だって、雀を見た途端、気味悪がって近づきもしないんだから。あたしなんか、雀の焼き鳥が香ばしくって大好きだからさ、見ただけで生唾が出たくらいなんだけどねえ」

「竜次さんに買ってきてもらったのは、実は……鶉なんです」

さきほどの包みの油紙を開いて、竹皮の包みを取り出した。

「鶉だったのかい」

お勢以は気味悪そうに後ずさった。

「叩いて潰すなんてとんでもない。竜次が雀を料理しているところを見ただけで、めまいがしたくらいなんだよ」

「女将さんには絶対無理だよ、さくら」

おりきが馬鹿げているというふうに、大げさに首を振った。

「そこを乗り越えて作った料理なら、きっとおるいちゃんの心にも響きますよ」

目に力をこめ、お勢以と視線を合わせた。

「そ、そんなに上手くいくかねえ」

お勢以はせわしなくまばたきを繰り返した。

「わたしが手助けしますから大丈夫。まずは最初の一歩。やってみてください」

ためらいながらも、震える手で竹皮の包みを受け取った。顔をそむけている。

お勢以は、なるべく見ないようにしながら、まな板の上で包みを開いた。

見れば、竜次が下ごしらえしてくれたらしく、羽はもちろん、内臓もきれいに取り除かれていた。

「布巾で覆って叩けば大丈夫ですよ」

「そ、そうだね」

お勢以は、おっかなびっくりで布巾をかけた。

「じゃあ、これでしっかり叩いてください」

青ざめたお勢以の手に、すりこぎを手渡した。

「やっぱり、あたしゃ、こんなこと……」

「誰でも初めてはあります。ゆっくりでいいですからやってみてください」

「こ、こうかねえ」

お勢以が何度も何度も、だが、遠慮がちに叩く。

「その調子。もっと強く」

さくらが励ます。

「そうだよね。この前みたいに、人任せにせずに、このあたしが頑張らなきゃね」

しだいにお勢以の手に力が入ってくる。

「あたしゃねえ、見世のことがもうどうでも良くなってきてたんだ」

お勢以は独り言のように語り出した。

「あたしにとっちゃ、あのひとが最初で最後の男なんだ。喜左衛門と夫婦になるなんて、まっぴらさ。殺されてもできないことだよ。喜左衛門のやつ、隙を見つけてあたしを物にしようとうかがってるから、毎日毎晩、怖くて仕方ないんだ。この頃じゃ、いっそのこと、身代を譲って、この商いから身を引こうかと考えてるんだ」

手を動かしながら打ち明けてきた。いつになく早口だった。

「そこまで思い詰めていたんですか」

「だんだん気弱になっちまってねえ」

うつむくお勢以に、おりきも口をはさむ。

「女将さんが可哀想でね。けど、今、喜左衛門に見世を譲ったら、番頭さんだって追い出されちまうに決まってるし、女の子たちだって大変な目に遭うのはわかってるからねえ」

「あたしがもう少ししっかりした女だったら良かったんだけどねえ。いつもとろくて駄目なんだよねえ」

お勢以は大きなため息をついた。だが、手だけは懸命に動かしている。

「布巾を取ってみてください」

さくらの言葉に、お勢以は怖々、鶉を見た。

「ほら、もう大丈夫でしょ」

鳥らしい形はほとんどなくなっていた。

「これなら、鳥屋でさばいてもらった鶏肉と同じだよねえ」

まだ顔を背けながらも、お勢以の目に必死さがみなぎってくる。

「まずはざっくりと刻んでください」

「わ、分かったよ」

危なっかしい手付きながら、鶉を刻み始めた。

「あのひとのためだ。あのひとの一番の望みだけでも、何としてでもかなえなきゃ」

お勢以の瞳が真剣さを増していく。

後ろには長兵衛がいて励ましている。

「ここからは包丁の刃の峰側で、細かくなるまで気長に叩いてください」

幸い、鶉の骨は柔らかい。

「そこそこ。その骨は取って」

歯触りが悪くなりそうな骨だけ選って取り除く。

団子にできるまでに、どのくらい時がかかったろうか。

「次はいよいよ団子作りですよ」

「あ〜ようやくだねえ。あたしゃ肩が痛いよ」

お勢以が泣き笑いのような笑みを浮かべた。

掌に酒を塗って、羽子板の玉くらいに丸めていく。

「子供の頃、作っていた泥団子を思い出すねえ」

不揃いで不恰好ながらも、いくつもの小さな玉ができあがった。

「料理って案外、楽しいもんなんだねえ」

お勢以は小さな団子を見ながら子供のように目を輝かせた。おりきが後ろで何度も大きくうなずく。

「一人でも美味しいって言ってくれる人がいたら、嬉しくなって、また作ってみよう、次はもっと美味しく作ろうって思えるようになりますよ。今度はなにを作ろうかって、わくわくしてきます」

武田伊織が美味しいと喜んでくれたことが、料理好きになったきっかけだった。さくらは少女の頃を懐かしく思い出した。

「味噌仕立ての雑炊に鳥団子を入れて、少し煮立てればおしまいです」

おるいを呼んで来る時間がいる。

味噌味の汁だけ作って、ご飯を炊いたところで下準備を終えた。

飯炊きもつきっきりで教えるため、ひと苦労だったが……。

「そうそう、忘れてました。葱を切ってください。できあがった雑炊の上に散らしますから」

「あいよ」

威勢よく答えたものの、なかなか細かく刻めなかった。切り方が不揃いもいいところである。それでもお勢以は懸命に包丁を使った。

「あっ」

お勢以が悲鳴を上げた。

包丁で人差し指を切ってしまった。おりきがすかさず手拭いを裂いて、血の出る指に巻いた。

「もう少し。全部、刻んじまうからさ」

お勢以は血のにじむ指で葱を押さえて刻む。ますます手が遅くなった。

「気をつけてくださいよ」「頑張って、あと少し」

お勢以の後ろで、おりきとさくらが励ます。

「あ〜、できたあ」

どうにかこうにか、お勢以は残りの葱を刻み終えた。

「これだけ頑張ったんです。きっとおるいちゃんにも、女将さんの気持ちが通じます」

「そうだよね。きっと上手くいくよねえ」

お勢以は、おりきがすかさず差し出した手拭いで額の汗をぬぐった。

目の下に隈ができて、一回り老けたように見える。

「じゃあ、わたしがおるいちゃんを呼んできます。二人は隠れてください。わたしが呼んだら出てきてくださいね」

「上手くいくかねえ」

「さくらが誘えば、来ないってことはないよねえ」

お勢以とおりきは不安げな目でさくらを見た。

「大丈夫です。きっと連れてきます」

さくらは胸を張って瓢亭を後にした。

二

佐野槌屋に着いて、路地に面した裏口から竜次を呼び出した。

「遅いさかい、難儀したで。今は小菊の部屋で、双六して遊んでもろとるわ」

「すみません。思ったより、女将さんの手が遅かったもので」

「ほんで、この合本、持っていきさらさんかい。貸本屋の『本長』が来たさかい、借りといてん。間が保たんときに読ませたったらええ」

「うわあ、気が利きますね。ありがとうございます」

さくらは押し戴くように、風呂敷包みを受け取った。

「ほな、おるいを呼んでくるわな」

見世の中に引っ込んだと思うとすぐ、仏頂面をしたおるいと一緒に裏口から出てきた。

「いまさらおれっちになんの用でえ」

「今日は、おるいちゃんにちょっとした頼みがあるそうやでえ」

竜次が、猫なで声で口をはさんだ。

「頼みってえのは何でえ。いまさらなんと謝ったって遅せえよ」

おるいはさくらのほうを見もしない。

「おるい、ま、そない言うたりなや」

竜次がおるいの小さな肩に手をやったときだった。

ぶーっ。

辺りに響くような大きな音がした。

「うわあ、屁をこきやがったあ。臭せえ、臭せえ」

おるいが大げさに鼻の辺りを押さえ、げらげら笑い出した。

「こんなときに、竜次さんったら」

「す、すまん」

面目なさそうに、ぽりぽり月代《さかやき》をかく竜次に、場が一気に和んだ。

だが……臭いなどまったくしなかった。

(竜次さんは役者やなあ。小さい子ってこういう話がえらい好きやもんなあ)

さくらは袂で口の辺りを隠しながら、こみあげる笑いをこらえた。

おるいはまだけたけた笑いながら、

「竜次はもう見世に戻りな。こんな狭えところで、また臭い屁をこかれちゃかなわねえやな……で、まあ、さくらの言い分くれえ聞いてやらあ」

先に立ってすたすた通りに出た。さくらも下駄の音をからからさせながら続く。

昼見世が終わる頃なので、どの見世の、格子の内でも、遊女たちが手紙をしたためたり、易者を呼び止めて占ってもらったりして、のんびりとした時を過ごしている。

江戸町二丁目を仲之町のほうに歩いて、木戸門の前で、おるいが立ち止まった。

仲之町と江戸町二丁目との角にある、有名な菓子屋『竹村伊勢』から、蒸籠《せいろ》で蒸された菓子の良い匂いが漂ってくる。

「千歳の突出しの日にゃ、蒸し菓子がたらふく食えると思ったんだがなあ」

ちんまりした鼻をひくひくさせながら、おるいが残念そうに言った。

突出しの日には、吉原内の各所に、竹村伊勢の蒸し菓子が配られ、見世の前と馴染みの茶屋の前に、竹村伊勢の名が記された蒸籠がうずたかく積まれるはずだった。

そんな光景が見られることもなく、夢に終わってしまうのだろうか。

さくらは唇を噛んだ。

「で、頼みってえ何でえ。なにを頼まれたって、どのみち聞いてやらねえけどな」

おるいは横目でさくらをにらんだ。

鋭い眼差しは大人顔負けである。今まで、お勢以が、触らぬ神に祟りなしとばかりに、敬遠していたのも無理はなかった。

なんとしても瓢亭まで来させなきゃ。

嘘は大嫌いだが、ここは、竜次のように『小芝居』をせねばならない。

「料理の味見をして欲しいの」

「何でおれっちなんでえ」

「ある人と、その料理を作るって約束をしてね。ちゃんと美味しいかどうか分かる人に味見して欲しいの」

「そんなの、竜次に頼みゃいいだろがよ」

「その料理って……少し前に、おるいちゃんが言ってた小禽雑炊なの」

さくらの言葉に、一瞬、おるいの顔色が変わったが、なにげない口調で尋ねてきた。

「ふうん。で、その雑炊を作る約束をした奴って、いったい誰でえ」

「おるいちゃんのお父さん……旦那さんなの」

「どういうこってえ」

おるいは目を丸くし、ちんまりとした小鼻をふくらませた。

「亡くなる前の夜に、旦那さんに、小禽雑炊を食べたいって言われたの。『明日作ります』って言ったらすごく喜んでもらえたんだけど、その夜のうちに亡くなられてね……約束を果たせなくなっちゃったんだ。だから……」

あの夜の長兵衛の顔が瞼の裏に浮かんできて、思わず涙がにじんできた。やはりなんとしても長兵衛の願いをかなえなければならない。

「おとうのことだったのか。けど、おっ死《ち》んじまったもんにどうやって食わすんでえ」

「約束は果たさないといけないでしょ？　もっと早く作れば良かったんだけど、今になって、お墓にお供えしようと思いついたの」

「ふうん」

　気のない返事をしながら、おるいは道端にあった小石を蹴った。

「作るからには旦那さんが気に入る味にしたいでしょ。一番濃く血を引いているのはおるいちゃんだから、おるいちゃんが美味しいって感じたら、旦那さんだって美味しいって言える味になってるんじゃないかって思ったわけ」

「おとうとは、ほとんど口もきかなかったしな。おとうのためって言われてもぴんと来ねえけど……死んだおっかあが得意だった料理だからな。食うだけ食ってやらあ。この前のけんぴんみてえに、腹をこわすのは御免だけどな」

　おるいはあくまでひと言多い。

「ありがとう。とにかく食べるだけ食べてみて」

　江戸町二丁目の木戸門をくぐって、二人して仲之町に出ると、大小の茶屋が立ち並ぶ通りを、揚屋町のほうへと歩いた。

　瓢亭に戻って腰高障子を開けると、味噌の香ばしい匂いがふわっと漂い出てきた。

「ふうん」

店土間に足を踏み入れながら、おるいは小さな鼻をひくひくさせた。

「小上がりに座って、本でも読んで待っててね。すぐ持ってくるから」

竜次が借りてくれた合本が入った包みを開くと、巷で大いにもてはやされている、柳亭種彦の『修紫田舎源氏』がでてきた。

絵と字が半々とはいっても、こんな大人向けの本を読むかな。竜次さんもいい加減なんだからと、呆れながら、おるいの前に置くと、

「ふーん。二十二編から二十四編けえ。こりゃあこの前、出たばかりじゃねえか。おれっちもまだ読んでなかったんでえ」などと言いながら、むさぼるように読み始めた。

手早く襷をかけながら板場に入ると、片隅に身を寄せ合うように、お勢以とおりきがしゃがみ込んでいた。

「おるいちゃんは背が低いし、板場に入ってこない限り、見つかりっこないですよ。とにかく早く仕上げましょう」

合本に見入るおるいの様子をうかがいながら、小声でお勢以を急かした。

「葱を上に散らせてください」

「こうかい」

「一箇所に盛らないで、もう少し散らばるようにして」

思わず声が高くなって、あわてて口を押さえた。

「わかったよ」

器に盛って刻んだ葱を上に置くと、香りが立って見栄えも良くなった。

(よし！　勝負や！)

盆に載せたお椀をおるいの前に置いた。

「じゃあ、味見してやらあ」

おるいが開いたままの合本を脇に押しやって、盆の前ににじり寄った。

だが……。

おるいは置かれたお椀を見詰めたまま固まってしまった。

「味を見てみて」

勧めるが、おるいはお椀を手に取ろうともしない。

「なんか変だな」

「え？　なに？」

どきりとしながら問いかけたが、おるいは、

「ふうん。そうけえ」

何度もうなずいたと思うと、ようやくお椀を手にして箸を使い出した。さくらは固唾

を呑んで見詰める。板場ではお勢以とおりきが息を詰めている。

おるいがほんの少し口に入れた。

「うん、うん」

次に団子だけ箸でつまんでまたもじっと見詰めた。ぽいっと口に放り込む。

「団子の中の骨がこりこりして美味えや」

ようやくお椀に口をつけて食べ始めた。小さな口がもぐもぐと何度も動く。喉が小さくごくりと鳴った。

「こういう味だったのけえ。おっかあの味ってえのはよ」

一つため息をついたかと思うと、かきこむように食べ始めた。

「きっとこんなだったんだな。味噌の味に、良いあんべえに、鳥のこくとうま味がついてらあ」

おるいは満足げにうなずいた。板場でお勢以らが身じろぎする気配がした。

もうそろそろ切り出してもいいだろう。意を決して、

「あのね」と言いかけたときだった。

「さくらは嘘が下手だな。葱の切り方がめちゃくちゃでえ。団子だって形が不恰好過ぎらあ。こんな料理、作る奴って言ったらよう……」

おるいが言い終わらないうちに、お勢以が板場から姿を現した。顔に必死さが漂っている。表情がこわばって、まるで怒っているように見えた。

「食わしてから、料理した張本人の登場ってえわけか」

おるいはお勢以をきっとにらんだ。

お勢以が、その場で固まる。

(おるいちゃんの言葉を真に受けたらだめ。思いをまっすぐに言葉にしてみて)

さくらは祈るように、お勢以を見詰めた。

「あ、あのねえ」

お勢以がなにか言いかけたが……。

「端っからおれっちは怪しいって思ってたんでえ。おとうのことまで持ち出しやがって、さくらも婆ぁも金輪際、許せねえ」

火のような言葉がおるいの口からほとばしった。

「おるいちゃん、旦那さんをだしに使ったわけじゃないの」

さくらはしゃがんで、取りつく島もないようすのおるいと目線を合わせた。

「旦那さんが一番、わたしにして欲しかったのはね。美味しい小禽雑炊を作ることじゃなくてね」

「じゃあ、何だってんだよ」

「頼まれたのは……大事なおるいちゃんと女将さんを仲良くさせることだったの」

「大福婆ぁはおれっちを嫌ってるんだ。そんな奴と何で仲良くしなきゃならねえんだよ」

おるいは口をへの字に引き結んだ。

「女将さんは今までの女将さんとは違うの」

「へん。どう違うってんだよ」

「同じ屋根の下に住んでいるのに、顔も合わさないほど避けてたんじゃ、お互いのことなんか分からないでしょ。女将さんは、おるいちゃんのことを『手に負えない恐ろしい子』だと信じこんで怖がってただけなの。嫌っていたわけじゃないの」

さくらは懸命に説いた。だが口先だけでは伝わりそうもない。

「でね……」

さらに言葉を重ねようとしたときだった。

おるいが、お勢以の手に目をやった。指にぐるぐると巻かれた布地は真っ赤に染まっている。

「慣れねえことしやがるから切っちまうんだ」

おるいは冷たい目で言い放った。

お勢以は、釣り上げられた魚のように、口をぱくぱくさせるばかりである。

「女将さんはね。おいしい小禽雑炊を、今度こそ最初から最後まで、自分一人で作るって頑張ったのよ」

「いまさら母親ごっこしたって遅いや。一度や二度料理したくれえで、おれっちがありがたがるとでも思うのけえ」

たった七つという歳におよそ似合わない言い草だった。

「おるい、あんたって子は……」

お勢以が言葉を絞り出した。

いけない。

お勢以はまたおるいの言葉を、そのまま受け取ってしまった。歩み寄ろうと懸命になったぶん、なおさらおるいを嫌いになったに違いない。

(もうあかん)

万事休すと思われたときだった。

「賢《さと》い子だねえ。亡くなったあのひとに……ほんと、よく似てるんだねえ」

お勢以の、頓珍漢に思える言葉に、張り詰めていた場がふっと緩んだ。

「な、なんでえ、藪から棒によ」

おるいが狼狽する。

「何でもお見通しで細かいことに気がつくところが、あのひとにそっくりさ。あたしがぼんやりしているぶん、いつだって、あのひとが気を配って守ってくれてたんだ」

お勢以は、長兵衛との日々に思いを馳せるように目を細めた。

「好きになってとは言わないよ。でも……あたしがさあ、おるいのことを可愛いって思うのは勝手さ。いいだろ？」

お勢以の言葉におるいは絶句した。

「おるい、今までごめんね」

お勢以はおるいの小さな手をそっと取った。

「馬鹿」

言いながらも、おるいがお勢以の手を振り払うことはなかった。

お勢以の心からの言葉に、おるいの胸の内の氷が解けていく。

「いつか、おまえのほんとうのおっかさんになれるよう頑張るよ。手料理を色々食べさせられるようになってみせるよ」

二人を守ってきた長兵衛はいない。二人は手を取り合って生きるしかないのだ。

「おれっちが承知できるようになったら、そんときゃ、おっかあって呼んでやらあ」

おるいが小鼻を思い切りふくらませながら、胸を張った。

小禽雑炊独特の芳しい香りが店土間に漂う。

「皆で雑炊をいただきましょう」

小上がりに上がって、四人で小禽雑炊を食べ始めた。

「作るときは気持ちが悪いと思ったけどさあ」

「鶉から出た出汁がたまらないねえ」

「濃厚なこくがありますよね。鶏とはまた違った風味ですし」

にぎやかに話す三人の横で、おるいだけ黙々と雑炊をかきこんでいる。

「これ、食べ過ぎたら、またお腹を……」

「もうはや、母親風を吹かせやがって」

おるいがお勢以をきっとにらんだ。

「うふふ。今までならこう言われただけで、『怖い』とか『もう知らない』とか思ってたんだけどねえ」

お勢以の顔は、まるでお地蔵さまのように優しくなっていた。

人はいつだって変われる。

長兵衛さんとの約束がやっと果たせた。さくらはほっと胸を撫でおろした。

昼でも薄暗い店の内に、温かな時が流れる。

あっという間に、小禽雑炊の鍋は空になった。

「これからはさあ……」

お勢以がしみじみした口調で言った。

「強くならなきゃ。おるいを守らなきゃね。そのためにも……」

お勢以は背筋をすっと伸ばした。

「どうあってもさくらを見世に戻すよ」

お勢以の目には強い力がこもっていた。

「ほんとですか」「ほんとけえ」

さくらとおるいが同時に声を上げた。

「でも、あの喜左衛門さんが、承知するわけないですよ」

おりきが心配げに口をはさんだ。

「あたしゃ、どうして今の今まで喜左衛門のことが、あんなに怖かったのだろうねえ。さくらを追い出すんじゃなかったって思ったって、恐ろしくて、とてもじゃないけど、言い出せなかったんだけどさあ」

お勢以の話し方は今までのように悠長だったが、目の中には強い光が宿っている。

「喜左衛門に言ってやるよ。あたしが佐野槌屋の主なんだってね。千歳のことだって、あのひとが考えていた通り、立派に道中させて、ちゃんとお披露目をさせなきゃね」

お勢以らしくない、威勢の良い言葉に、一同はあんぐりと口を開けた。

「そりゃあいいや。それでこそ女将でえ。おれっちの死んだおっかあなら、ぜってえ、そう言ってたさ」

おるいが力強く相槌を打った。

「女将さんがその気なら、幸助さんも、もっと強く出られますね」

さくらがぽんと手を打つ。

「けど……見世中が大もめしますよ。いつの間にか喜左衛門の側につくようになった若い者が、何人もいますからね」

おりきが不安げに眉根を寄せた。

「そう、そう、伝吉なんぞ、よくあんなにへらへら、へつらっていられるなって、あきれちまうよ」

お勢以が憎らしげに言った。

「伝吉さんが……そう言えばこの前、喜左衛門にすごくぺこぺこしているのを見ました」

「幸助みたいに、あのひとが拾い上げて、散々、良くしてやったのに、恩を仇で返すなんてねえ。考えられないよ」

若い者頭の伝吉は、幸助に次いで、亡き長兵衛の信頼も厚く、固く秘すべき佐川の一件でも、片棒を担いだ人物だった。

人の心の様変わりに、さくらは胸が痛くなった。

「喜左衛門を追い出そうぜ。伝吉もでえ」

おるいが、まだ持ったままだった箸を振り上げながら気勢を上げ、

「あんなふん詰まり野郎、追い出してしまうに限らあ」

意外な言葉を口にした。

「おるいちゃん、どういう意味？」

おるいが答える代わりに、おりきが可笑しそうに笑った。

「喜左衛門はお通じが悪くて、よく難儀してるんだよ。厠に閉じ籠もって四半刻もうんうん唸ってるんだから、ふだん偉そうにしていてもねえ」

「……かと思うと、お腹を下して厠によく駆け込んでいるんだよね。しまらないったらありゃしないよ」

おりきとお勢以は顔を見合わせて、くつくつと笑い合った。

「そういえば……確か三日ほど前でしたっけ、揚屋町の薬問屋さんで見かけたことがありました」

さくらの言葉に、おりきが身を乗り出した。

「あたしゃ、一度だけ、薬を買いに行かされたことがあるんだよ。確か……そうそう、『牽牛子《けんごし》』って薬だったね。あれって、朝顔の種を粉にしてあるんだよね。下剤なんだけど、案外、きつい薬みたいでね」

おりきの言葉を聞いているうちに、
もしかして……

疑いが、黒い雲のようにむくむくと湧きだした。

あの日、おるいがけんぴんをたくさん食べているのを見た喜左衛門は、牽牛子をなにかに混ぜて、おるいに呑ませたのではないか。子供なので、少ない量でもひどい下痢をおこしたに違いない。

「もしかして、おるいちゃんが食あたりした日……」

さくらの言葉に、お勢以、おるい、おりきが、豆鉄砲をくらった鳩のように目を丸くした。三人の顔が青くなったり赤くなったりする。

「なんと謝ればいい

「喜左衛門が薬を盛ったって言うのかい」

「女将さんそりゃ、間違いないですよ」

「ぜってえ、そうでえ。あの野郎、ぶっ殺してやる」

お勢以とおりきが顔を見合わせ、おるいがいきり立つ。

「そ、それがほんとなら、さくらのせいだって怒っていたあたしは、なんと謝ればいいのやら……勘弁しとくれよ」

お勢以が情けなさそうな顔で、さくらの手を取った。

「まさかそんなことをするとは思いませんからね。女将さんがわたしに怒ったのも無理ないですよ。それに……まだ、この話はなんの証もないんですから」

「おるい、あの日の晩か朝早くに、妙な味のするものを呑んだり食べたりしなかったかい。ゆっくりと思い出してごらん」

お勢以は、しゃがんでおるいの肩に手をやった。

「ええっと……そういや、あの晩……」

けんぴんの食べ過ぎでお腹が苦しく、寝付きが悪かったおるいは、厠へ行った後、寝ぼけ眼で、ふらふらと台所に向かった。

おるいの湯呑み茶碗には、いつものように昨晩の飲み残しの茶が入っていた。

蓋を取って一気にごくごく飲んだところ、少しばかり苦い気がしたが、寝ぼけているせいだと気にせず、部屋に戻って、今度こそぐっすり眠り込んだ。

さくらたち奉公人が起き出した後、一人で眠っていたところ、急にお腹が痛くなって、下痢が止まらなくなった。

おりきが気づいて、お勢以に報せ、見世の奥は大騒ぎになった――と語った。

「ぞっとするよ。すぐに治まったから良かったけど、薬は毒でもあるんだからね。ほんとになんてえ鬼なんだ」

お勢以は大福のように白い顔を紅く染めた。おたふくのように垂れた目尻が、般若のようにつり上がる。

「さっそく面番所の塚本さまに訴えに行かなきゃ」

おりきを従えて戸口に向かおうとする。

「おれっちも行くぜ」

おるいも腕まくりして続く。

「皆さん、待ってください。わたしが行きます」

「けど……さくらが行けば、塚本の旦那は話も聞かずに追い返すんじゃないのかい」

振り返ったおりきが、不思議そうに首をかしげた。おるいも頬をふくらませる。

「正平さんが仲立ちしてくださって……あの左門さまと、お互い、分かり合えるようになったんです」

正平のお陰である。

今は誰もいない小上がりのほうに向かって、心の内で手を合わせた。

「女将さんも、おりきさんも、そして、おるいちゃんも、今は、喜左衛門にまだなにも言わないでおいてくださいね」

「じゃあ、任せたよ」

「よろしくね」

「おれっちが一緒に行こうか」

「おるいちゃんはちょっと……」

言い合いながら戸口を出た後、見世に戻る三人と別れて面番所に向かった。

横柄な岡っ引きをなだめすかして、左門の立ち寄り先を聞き出し、遊客同士の喧嘩で、開運稲荷前の自身番を訪ねていた左門を、稲荷の境内へと誘った。

境内には人影がないうえ、目の前は広い空き地なので、吉原内と思えないほど、しんと静まりかえっていた。

「……と、まあ、こういうわけなんです。あくまではっきりした証はないんですけどね。

とにかく、明日、喜左衛門が惣兵衛さんに会うまでに何とかしたいんです」

「ふうん」

左門は扇子で首の辺りをぽんぽんと叩いた。

「調べてやらないでもねえが、日にちがかからあ。いくら俺でも、すぐにどうこうは無理だぜ」

やはりという気がしたが、一蹴されないだけましというしかなかった。

左門はついでといったふうに社殿に向かうと、福鈴を鳴らして丁寧に拝んだ。

「ところで、京四郎のことだがな。忘れ物をしたもんで、東海道を西に向かっていたはずが、急に舞い戻ってきてな」

さくらに横顔を向けたまま、ついでのことのように言った。

「ええっ。ほんとですか。で、京四郎さんは、今どこにいるのですか？　わたし、あれきり、別れのあいさつもしないままだったので、ずっと気になってたんです」

「残念ながら、またすぐに旅立っていったぜ。まあ、いつか戻ってくるだろうよ」

「そうなんですか」

寂しい気がしたが、京四郎らしいなと思えた。

（それにしても……）

左門に同情する気持ちがわいてきた。

影の隠密廻り同心ともいうべき正平亡き後、お手柄とは縁遠くなるだろう。これから左門だけでどうしてやっていくのだろう。大いに焦っているに違いない。

「お上の目はそう節穴でもねえぜ」

ぽろりとつぶやいた思わせぶりな言葉が、強がりのように聞こえて、さくらは苦笑した。

三

七日、喜左衛門が田川屋に出向いて、白水屋の差配役頭木村惣兵衛に、突出しの取りやめを告げる日が来た。

そろそろ、支度を終えた喜左衛門が、奥から出てくる頃である。

昼見世が始まろうとする九ッ刻になり、湯を使い、髪も結い上がった遊女たちが張見世の部屋へとぞろぞろ向かう。妓楼の日常が変わることなく動いていた。御内所だけが、いつになくぴりぴり張り詰めた気に包まれている。

「来よったで」

竜次が独り言のようにつぶやきながら、袖をめくった。

羽織袴姿の喜左衛門が、奥からのそりと姿を現す。

極上の身なりが、かえって心の卑しさを際立たせていた。伝吉が供をするらしく、へつらうような薄笑いを浮かべながら続く。

「何でおめえがいるんでぇ」

喜左衛門が、さくらをめざとく見つけて、ぎろりとにらみつけてきた。さくらも黙ってにらみ返す。伝吉も眉間に縦皺を寄せてすごんだ。

「喜左衛門！　さくらを見世に戻すからね。千歳の突出しだって立派に行うよ」

御内所の神棚前に陣取ったお勢以が、ぴしゃりと言い放った。

「惣兵衛さんに断りに行くなんぞ、とんでもねえ」

番頭の幸助が、お勢以の横でにらみを利かせている。竜次も大火鉢の脇で、今にも立ち上がらんばかりに片膝立ちになった。

さくらはお勢以の斜め後ろに座し、傍らには、口をへの字に引き結んだおるいが座っている。柱の陰で息を詰める、千歳の姿が目の隅に入った。

「いったいどういう了見でぇ」

喜左衛門が、顔を歪めながら、低い声ですごんだ。伝吉が隣でうなずく。

「佐野槌屋の主は、あたしなんだ。あんたの勝手にゃさせないよ。さくらは見世に戻すといったら戻すんだからね」

お勢以は声を震わせながらもはっきり言い切った。

「今さらなにを言いやがる。さくらを追い出したのは、お勢以、てめえじゃねえかよ」

「女将さんはもう一度、雇いなおすっておっしゃってるんだ」

幸助が強い口調で言い放った。

「そやで。お勢以はんが雇い直すちゅうたら、それでしまいや」

竜次も、歯をむき出しながら身を乗り出す。

「けど、親戚連中がどう言うかなあ」

喜左衛門は畳に、立て膝になってどっかと座ると、らんらんと光る目で、お勢以をにらみつけた。

「前にも言ったろ。俺ゃあ、好き好んでここへ来たわけじゃねえ。親戚連中に『お勢以だけでは心許ない、見世がつぶれてしまう。なにとぞ』と頼まれたんだ。親戚連中が皆、黙っちゃいねえぜ」

「親戚、親戚って、どこのどなたとどなたなんですか？　皆さんを呼び集めて改めて話し合いをすればどうでしょうか」

　さくらが口をはさんだ。

「てめえはまだ、見世に無縁のもんじゃねえか。口出しするたあどういう了見でえ」

　喜左衛門は射すくめるように、さくらをにらんだ。

「お互い、忙しい身でえ。いったいいつ集めるってんだ。俺は、兄貴の葬儀の後、きっちり後事を託されたんだ」

　大仰な仕草で、周囲をぐるりと見渡した。

「その話が眉唾やて言うんや。なあ、幸助はん」

　竜次が幸助のほうに目を向けた。

「その一件につぃちゃ……」

　幸助がおもむろに口を開いたときだった。

「親戚なんて関係ないよ。文句をつけてきたら、きっちり言ってやるよ。この佐野槌屋は、あのひととあたしの見世なんだって。喜左衛門、あたしの言うことが聞けないなら、今すぐ出ていっとくれ」

　お勢以が気丈な啖呵を切った。だが、喜左衛門も負けていない。

「じゃあ、この始末、どうつけてくれるんでえ。俺ゃあ、ゆくゆくはこの見世の主に納まるつもりで、繁盛していた品川の旅籠を畳んできたんだぜ。俺を追い出すなら、それなりの落とし前をつけてもらおうか」

「そ、そりゃ……」

お勢以が口ごもった。もって生まれた気弱さが顔を出す。

「ざっと千両はいただかねえとな」

「千両なんて法外な」

「品川に戻るなり、どこかで見世を持つなりするにゃ、それくれえいただかねえとなあ。佐川は、自死する日まで、気が狂ったように客を取って、えらく稼いでたそうじゃねえか。幸助が抱え込んで、お宝がどのくれえあるか教えてもくれねえがよ。しこたま残ってるだろ。さあ、出してもらおうか」

喜左衛門は、叩きつけるように、幸助をにらみすえた。

お勢以が不安げに幸助を見た。

折り合いをつけて、それなりの手切れ金を渡すしかないだろう。さくらは黙って成り行きを見守った。

「え、どうなんでえ」

喜左衛門が勝ち誇ったように、皆の顔を睨《ね》めつけたときだった。

「御免よ。邪魔するぜ」

隠密廻り同心塚本左門が大暖簾をくぐって、ぬっと登場した。

黒の羽織に格子の着流し、雪駄履きの偉丈夫な姿が周囲を威圧する。紋付き羽織の裾を帯にはさみ込んだ巻き羽織が粋だった。

「どいた、どいた」

中間一人に、岡っ引きら三人を引き連れて、土足のまま、畳の間までずかずか乗り込んでくる。

周りにいた遊女たちや、若い者たちが、潮が引くように道を空けた。

場が固まった。

「喜左衛門。いやさ、品川は『きの字や』の主、喜助」

左門は歌舞伎の台詞めいた抑揚をつけながら、喜左衛門に迫った。

「えっ」

喜左衛門が絶句し、周りの皆が顔を見合わせる。

「吉原での通り名は喜左衛門でも、品川ではいまだに喜助だろがよ」

左門は粋な手付きで朱房の十手をちらつかせた。

「なにをおっしゃいます。とんでもございません。し、品川の旅籠は畳んでまいりました」

「探索させた者が報せてくれたんでえ。旅籠はおめえの色に任せて、今もちゃあんとあるってよ。けど、ずっと前から左前。博打でずいぶん借金がかさんでいるそうじゃねえか。そこまできっちり調べがついてるんでえ」

左門の言葉に、さくらは心の中で、そうだったのかと、ぽんと手を打った。

「親戚連中を一人一人、脅したり、丸め込んだりしていたことだって、先《せん》から調べがついてるんでえ。一人一人の聞き取りが、ここに詳しく記してあらあ」

左門は、正平が遺書とともに残した帳面を、ぱらぱらとめくった。

「まさか……」

喜左衛門が絶句した。お勢以の横にいる幸助が大きくうなずく。

「幸助が、俺の親父に相談したところ、気の良い親父どのは、子飼いの者どもを放って、てめえの言う、親戚ども一人一人に当たらせたんでえ」

「じゃあ、正平さんを訪ねてきたお客さんたちは、この一件の探索で動いていたんですね」

「父上は遺書に書き残しておられた。後の調べは俺に託すとな。遺言とありゃ俺も嫌とは言えねえ。この通り、調べを引き継いだってえわけだ」

見得を切る左門に、さくらは小声で尋ねた。

「品川まで行った人というのは、京四郎さんですね」

「大手柄だったぜ……で、報告だけ終えて、改めて旅立ったというわけでえ」

「早くそれを教えてくだされば良かったのに……ずいぶん、やきもきしました」

「まあ、見栄えの良い出番を見計らっていたってえことよ」

左門は小声で耳打ちしながら、にやりと笑った。

「さてと……片付けちまおうか」

左門は、改めて喜左衛門と正対した。

「喜左衛門こと、きの字や喜助、佐野槌屋乗っ取りの咎で捕縛いたす。神妙にしろい」

左門が朱房の十手を突きつけた。岡っ引きたちが縄を取り出して喜左衛門に迫る。

「な、なにとぞ、お、お目こぼしを……」

喜左衛門は、わなわな震えながら、蝦蟇のように這いつくばった。

「かかか。ええ気味やで」

「自業自得だぜ。ははは」

「きゃははは。ざまあ見ろい」

竜次と幸助、そしておるいが愉快そうに笑い合う。

「ま、これだけじゃねえんだよなあ。罪状はまだあらあ。なあ、伝吉よう」

左門は十手で首の辺りを叩きながら、横目で伝吉を見た。

「ええっ」

さくらをはじめ、皆の目がいっせいに伝吉に注がれた。

「へ、へい」

喜左衛門の後ろに控えていた伝吉が、にやりと笑った。

「今朝になって、喜左衛門に鎌をかけたところ『おるいの茶に牽牛子を入れたところ、上手い具合に腹を下して、目障りなさくらを追い出す口実にできた』って、はっきり言ってやしたぜ」

「伝吉、おめえ裏切りやがって」

喜左衛門の顔が、見る間に蒼白から土気色に変わった。

「端からおめえの味方なんてするもんけえ。番頭さんが探ってくれって言うから、おめえに取り入るふりをしていただけのことでえ」

「なんやいな。敵をあざむくにはまず味方からってかいや。伝吉も役者やのう」

竜次が大きな声でかかかと笑った。

「おるいを害した罪もある、いったいどうお裁きが下るかだな」

追い打ちをかける左門に、喜左衛門は震え上がって伏したまま固まっている。汗が畳の上にぽたぽた落ちて、大きな染みを作っていく。

「まずは面番所でじっくり白状させてやるからな」

左門が岡っ引きに顎で指図した。

「神妙にしろい」

岡っ引きが心得ましたとばかりに、喜左衛門に縄を打った。

静まっていた場に、誰からともなく拍手と歓声が上がった。

「てめえなんて死罪でぇ」

おるいが毒づいた。竜次も大坂弁で悪口雑言を繰り出すが、早口過ぎて、大坂生まれのさくらにも、なにを言っているのかさっぱり分からなかった。

「さっさと立ちやがれ」

下っ引きが、腰の抜けた喜左衛門を無理矢理、引きずって行こうとしたときだった。

辺りのざわめきを透して、

「お待ちください」

お勢以の凛とした声が見世の内に響き渡った。

一座が水を打ったように静まりかえる。

「どうか喜左衛門、いえ、喜助を見逃してやってくださいませ。亡き楼主長兵衛と、血がつながらないながらも、弟は弟です」

お勢以は女将の貫禄を見せた。

さくらをはじめ、皆があんぐりと口を開ける。

「そうさなあ」

左門は天井に目を向けて、十手で肩をとんとんと叩いた。

「どう思う？」

左門はさくらに目で問いかけてきた。

「おるいちゃんは大変な目に遭いましたが、そのほかに、なにか害されたわけではありません。で……」

さくらはひとつ息をついた。

「旦那さんは、養親である先代の恩に報いるため、この見世のためだけに生きた人です。喜左衛門は、ひどい男とはいえ、先代にとっては、ただ一人、血のつながった息子。旦那さんがこの場におられたら、先代を悲しませるようなことはなさらなかったに違いありません」

お勢以やさくらの思いにうなずく者、おるいのように、怒りがおさまらず、ぶつぶつつぶやいている者……皆の目が、一斉に、左門に注がれた。

「どのみちお手柄にできるほど大層な事件じゃねえ。女将がそれほどまでに言うなら、見逃さねえでもねえ」

左門は恰好をつけた粋な仕草で、おごそかに告げた。

「あ、ありがとうございます。女将さん、すまねえ」

喜左衛門は、左門とお勢以に向かって、米搗《こめつ》き飛蝗《ばった》のように何度も頭を下げた。

「博打はもうしません。品川に戻りましたら、心を入れ替えて精進いたします」

「きっとそうしておくれ」

お勢以が鷹揚な仕草でうなずいた。

「おれっちは許さねえからな」

おるいが、台所から持ち出して来たすりこぎで、思い切り喜左衛門の尻を打ち据える。

喜左衛門は、畳の上を転げ廻りながら、

「すまねえ、すまねえ、おるいお嬢さん、勘弁してくんな」

情けなく平謝りするしかなかった。

「荷物をまとめてすぐ品川に帰りやす」

解き放たれた喜左衛門は、這々の体で見世の奥に戻っていった。

「今はあないに殊勝に謝っとるけど、先々、どないなこっちゃら」

竜次がさくらに小声で言った。

「信じてあげましょうよ」

「おまはんが色々、苦労させられたのに、今さら信じるて、人がええのう」

「別に苦労なんてしてません。おせっかいは焼きましたけどね」

さくらはにっこり微笑みながら、片目をつぶってみせた。

「さすが左門の旦那だ。天網恢々疎《てんもうかいかいそ》にして漏らさずですな。それでもって温情あるお差配たあ、恐れ入りやした」

幸助が左門を持ち上げた。

「俺にだって、血も涙もあらあな」

左門が苦笑する。

「幸助さんは、喜左衛門が見世に乗り込んで来た早々から、正平さんに相談していたんですね。で、伝吉さんに密偵の役目まで頼むなんて……わたしもすっかり騙されていました」

さくらの言葉に幸助と伝吉がにやにや笑いを返した。

正平の遺言で左門は動き、幸助と手を結んだ。さらに、さくらから牽牛子の話を聞いて、幸助を通じて伝吉に探らせた……ということだろう。

「そういえば……惣兵衛さんが来られる刻限までには、もうあまり時間がありません。いったいどうするのですか」

さくらは、お勢以に目を向けながら、幸助に尋ねた。

「ぬかりはねえよ。田川屋へ喜左衛門を向かわせるつもりは、端からなかったからな。女将さんの大門切手だって、とっくに用意してらあ」

今ま気づかなかったが、お勢以はどこに出向いてもおかしくない出で立ちだった。そういえば幸助も羽織袴姿である。

「惣兵衛さまが、江戸に無事戻ってこられた、ご機嫌伺いってことで行ってくらあ」

幸助がお勢以を促し、見世の大暖簾をくぐって通りに出ていく。若い者が二人、後に従った。

周りに集まっていた者たちもそれぞれの持ち場に戻っていく。

「さくらさん」

千歳がさくらに走り寄ってきた。

「千歳ちゃん。良かったね」

二人はしっかり抱き合った。

「わっちは立派な呼出し昼三になる。姉さま以上の呼出しにならあ」

千歳は強い目で言った。

「そうそう、その意気！　佐川さんも千歳ちゃんのことしっかり見守ってくれてるよ」

遊女の暮らしは過酷である。つつがなく務めて、笑顔で大門をくぐる日を迎えて欲しい。さくらは遠い若狭の国の空の下で、静かに祈る佐川の尼僧姿を思い描いた。

「千歳姉さま」

はつねとつるじに呼ばれて、千歳が笑顔で歩み去った。

「よその見世じゃ、とっくに昼見世が始まっちまってるよ。さあ、さあ、ぐずぐずしていねえで、さっさと行きな」

遣手のおさよが、ぱんぱんと手を叩いて、遊女たちを急かす。どのみち昼見世はお客が少なく、暇である。遊女たちは、なんだかんだ言い合いながら、のろのろとした足取りで張見世の部屋へと入っていく。

「まあ、台所へ戻ろかい」

竜次が声をかけてきた。

「やはり御内所や畳敷きの間より、台所が落ち着きますよね」

連れだって板の間に戻った。床の冷たさが心地よい。

「これ食うてみんかい」

竜次は戸棚からなにやら取り出してきた。

「酢取り蕪や」

鉢の中には、ごく薄く切った蕪が三切れ入っていた。赤唐辛子の紅い色が透き通った純白の蕪に彩りを添えている。

「蕪の葉のきんぴらもあってんけど、客に出した残りなんで、蕪だけやねん」

かりっ。

噛むと心地よい音がした。酢のさっぱりした味が、口の中をさわやかにしてくれる。

「濃厚な味の焼き魚に添えたら、ぴったりですね」

残りの二枚も味わいながらゆっくりと噛みしめた。

「正平さんのことですけど……竜次さんが、わたしのことを頼みに行ったとき、幸助さんが、もう相談してたってことですね」

「今、思うたら、正平はんは、さくらのことを気の毒がって、二つ返事で引き受けてくれたんやろな」

正平のしわくちゃで愛嬌のある笑顔が浮かんだ。

(京四郎さんのことがあるのに、無理して引き受けてくれはったんやなあ)

さくらは正平の優しさをしみじみ感じた。

「あと十一日で千歳のお披露目や。そのときは千歳やのうて、三代目佐川やで」

竜次は腕を伸ばして思い切り伸びをした。

「佐川さんの名前を継げられるようになって本当に良かったですね」

人気があった遊女の名前は、何代にも亘って受け継がれる。かの有名な高尾太夫などはその筆頭で、六代とも七代とも、はたまた九代、いや、十一代まで続いたとも言われ、いったい何度襲名されたのやら分からぬ名跡もあった。

佐川の名前は、千歳の後も代々、受け継がれていくのだろう。

「忙しくなりますね」

「人の出入りも何かと多なるさかいな。台所かて忙しなりよる」

「そうそう、女将さんに言って、味噌汁の具をたくさん入れられるようにしてもらいましょう」

「皆にもうちっと、ええもん食わしたりたいわなあ」

「旦那さんが生きておられたら、もっと始末するよう叱られそうですけどね」

「確かにそうやな。親父はんはどけちやったさかいな」

かかかと笑う竜次と、ふふふと笑うさくらは、互いに顔を見合わせた。

四

佐野槌屋に戻ったさくらは、竜次とともに台所の切り盛りをしていた。

今朝も、振袖新造や禿たちが、きゃっきゃと明るい声を上げながら食事を摂る。手が空いた若い者や下働きの者も、入れ替わり立ち替わりやってくる。

「今日はいつもの味噌汁とご飯じゃなくて『南瓜粥』だから、たくさん食べてね」

新造や禿たちがお椀を持って並ぶ。

朝餉に『南瓜粥』を作ろうと言い出したのは、さくらだった。

南瓜と小豆を煮てから、米と一緒に炊き、塩だけで味つけしてある。竜次にも味見を勧めた。

「小豆も入れてありますからね。ほんのりした小豆の甘味が、南瓜粥のおいしさを引き立て、優しい甘さが口の中にふわっと広がるでしょ」

「南瓜は風邪やら痛風にええっちゅうこっちゃで」

味について言わず、効能を口にした竜次に、

（つまり、味のほうは合格てことやな）とほくそ笑んだ。

二人して新造や禿たちのお椀に粥をよそってやる。南瓜と小豆の甘さが、甘いもの好きには嬉しいから、新造や禿たちは大喜びである。

一段落ついた後、台所の板の間に座って、さくらと竜次も朝餉を摂り始めた。

「小豆を入れたので、見た目にもきれいだし、南瓜とは違う、小豆のしっかりした歯触りと甘さがいいですね」

粥の温かくなめらかで優しい喉ごしに、会心の笑みが漏れた。

「粥やさかい、早よこなれて、すぐに腹減ったて言いよるで」

竜次は、かかかと笑った後、ずるずる大きな音を立てながら粥をすすった。

美味そうに食べるさまは豪快だが、もう少し品良く食べられないものかと、ほんの少し腹が立った。

（それが竜次さんやけど）

竜次の横顔を見ながらくすりと笑った。

お腹の中がじんわりと温まっていく。

食べ終えて片付けを終えた竜次とさくらは、どちらが誘うともなく、畳敷きの間を通って奥に向かった。中庭に面した廻り廊下で足を止めた。さまざまな木々の葉が鮮やかである。

「すっかり紅葉も見頃になりましたね」

「後は散るばかりやけんどな」

今を盛りに色づいている楓もあれば、すでに紅葉を終えて葉を散らしている桜木もあった。塀際に見える銀杏の大木は黄金色に身を飾っている。

つい先日、みぞれまじりの雪が降ったことが嘘のように、まるで春を思わせる穏やかな日だった。ときおり吹いてくる風が心地よい。

「小見世に売られた袖浦やけどな。すっかり慣れて、案外、気楽に頑張っているみたいやで。小倉屋ではぴかいちになってるそうや。ここではさっぱり華がなかったけどな」

竜次がふと思い出したように言った。

「それは良かったです。鞍替えがかえって幸いしたのですね。近いうちに、お菓子を作って様子を見に行ってみます」

さくらは晴れ晴れとした気持ちになった。

「おーい。さくら」

廊下をとてとてと走る足音がしたと思うと、おるいがやってきた。狆の福丸を大事そうに抱いている。

「おっかあがよ、違った、お勢以婆ぁがさくらを呼んでるぜ」

言い間違えて照れ臭そうに笑うおるいに、

(女将さんとの仲は、こないに深まってるんやな)口元が緩んだ。

「ほなら、お勢以はんに茶ぁと菓子を持っていったって」

竜次とともに、台所に戻った。おるいも後に続く。

「おい、皆、福丸と一緒に遊ぼうぜ」

おるいは、畳敷きの間にいた振袖新造や禿たちに声をかけた。

「福丸」

「ふくちゃん」

新造、禿がわっと福丸の周りに集まってくる。

(以前のおるいちゃんなら、見世の女の子たちと遊ぶこともなかったし、わたしにまとわりついていたのにな)

安堵とともに、ほんのちょっぴり寂しい気がした。

『最中饅頭』とお茶を持って、最奥にあるお勢以の部屋に向かった。

「女将さんがお好きだからと、竜次さんが買ってきました」

「おお、そうかえ。竜次は気が利くね」

お勢以は嬉しげに最中饅頭に手を伸ばした。

「『最中の月』という名で売り出された当時は、こんなじゃなかったそうですね。『竹村伊勢』は、もともと煎餅屋で、もち米粉をこねたものを蒸して、それを焼いただけだったとか。その後、餡をはさむようになって大人気になったらしいですね。全部、竜次さんの受け売りですけど」

「そうだったんだね。あたしが生まれた頃には今の最中饅頭を売ってたから、そんなこと知らなかったよ」

さくっさくっと小気味良い音を立てながら食べ始めた。

お勢以に勧められて、さくらも最中饅頭を楽しむ。

「まろやかで上品な味だね」

「淡泊なのにしっかりうま味がありますよね」

「餡の、みずみずしいねっとりさがたまらないねえ」

「さくさくの皮のさっぱりした味もね」

目尻が下がっているお互いの顔を見合わせた。

「十一月になりゃ、いよいよ七五三だね」

お勢以は庭の木々をながめながら目を細めた。

「おめでとうございます。おるいちゃんも、ようやく帯解というわけですね」

帯解の儀式で、幼児の付け帯ではなく、大人のような普通の帯を締めるようになる。

当日は、氏神さままで、着飾った娘を、父親や父親代わりの者が、肩に担いで繰り込む慣わしになっていた。

「そのときにゃ、竜次に肩車をしてもらおうって思うんだよ」

「確かに、しゃべらなきゃ、見栄えは満点ですよね」

「さくらも言うじゃないか」

お勢以がおかしそうにくつくつ笑った。

「でね、その日のために住込みのお針に晴れ着を縫わせてるんだよ。縫い上がるのが楽しみさね」

鷹揚な仕草でゆったりとお茶を呑んでから、さくらのほうに向き直った。

お勢以は女将らしい落ち着きを醸し出すようになった。

おるいもどんどん変わっていく。無邪気な子供らしさを取り戻していく。

長兵衛の今際の際の望みが夢ではなく、現《うつつ》になっていくさまを見るにつけ、おせっかいの虫が、嬉しげな音色で楽を奏でる。

「ところでさあ、昨日、幸助と田川屋に行ったんだけどさ。あたしゃ、田川屋に行くのは初めてでねえ」

「吉原帰りのお客さまがよく使われる、有名な料理屋だそうですね。吉原内にある台の物屋では飽き足らないお客さまが、料理を取り寄せさせると聞いています。きっと美味しくて豪華な料理が出たんでしょうね」

「惣兵衛さまをおもてなしするための宴席だったからねえ。気を遣って、味の方はよくわからず仕舞いさ。そうそう、庭に立派な湯殿やら茶室やらがあるんだ。今度はゆっくり行くつもりだよ」

「それにしても、あのまま喜左衛門が主人面して惣兵衛さんにお目にかかっていたらと思うと、ぞっとします」

「あたしだって、堪忍袋の緒が切れていたからね。あのひとが命を懸けて守ってきた見世を、破落戸みたいな男に、好きにはさせないってね。いざとなりゃ、幸助に力尽くで止めさせるつもりだったんだ」

「ええっ、あのとき、そんな物騒なことを考えてたんですか」

背筋を冷たいものが走った。

「いいえ、まあ、そういうくらいの気持ちってことさ」

さくらの顔色に気づいて、お勢以がふふふと笑ったが、目は笑っていなかった。

「でね……突出しは、費用がいくらあっても足らないだろ。惣兵衛さまは、えらく顔が利くお方だからねえ。蔵前の旦那衆やら、金銀座のお役人とか、神田の青物市場やら日本橋の魚河岸やらにも声をかけて、さらに後押しをしてくれるそうだよ」

「それは素晴らしいです。喜左衛門が宴席を設けていたことが、怪我の功名になったわけですね」

「幸助が上手い具合に惣兵衛さまをおだてて、おねだりしたんだ。ほんと、女郎も顔負けの手練手管ってわけさ」

「まあ、あの強面で、おねだりですか」

幸助の顔を思い受かべると、思わず笑いがこみあげてきた。

「それでねえ、この先、毎夕、花魁道中をするとなりゃあ、やっぱり力也に傘持ちの役を頼みたいんだけどねえ」

呼出し昼三の遊女は道中ができる建前だが、大勢いるため、大見世の呼出しのうちの上位の者だけが、毎夕、仲之町で花魁道中を繰り広げる決まりだった。

「佐川さんは吉原一の人気だったから、特別に道中ができていたのでしょ。名前を継いだとはいえ、別人なのに道中までできるんですか」

「千歳は幸せ者さ。惣兵衛さまだけじゃなく、他にも贔屓しようってお大尽が大勢いなさるからね。道中のことは、楼主の寄り合いで話がついているさ」

美味そうに煙管を吸って、紫煙をふんわりと吐き出した。

「力也は道場通いのことがあるので、果たしてどう言うか……」

力也は辰五郎の家に居候しているままだった。京四郎が急に旅立って、しょげていると聞いていた。

「前の通り、夜だけ働いてくれりゃいいよ。あのひとが決めたことだから、それに従うよ。昼間はやっとうの稽古でも何でも通やいいさ」

「ありがとうございます」

俠客の親分の家より、目が届く場所にいてくれるほうが安心である。今日、明日にでも仕事の合間に話しにいこう。さくらの心は浮き立った。

「千歳ちゃんの花魁姿、どんなでしょうねえ」

華やかなお披露目の日を夢見て、お勢以とさくらは微笑み合った。

「ありゃあ、大化けしますよ」

いつの間にか座敷にやってきていた、おりきも大きくうなずく。

厳しい冬はもうそこまで来ているが、心は春を先取りしていた。

武田伊織の見世物小屋は、いつ江戸で興行を打つのだろう。そのとき、さくらは胸を張って会えるようになっているのだろうか。

綾野京四郎はいつまた江戸に戻ってくるのだろう。

彩られた木々の葉を見ながら、さまざまに思いを馳せた。


その日の昼八ツ前から、鯵の天ぷらの下ごしらえを始めた。

「あほんだら。魚政に、鯵をぎょうさん頼みさらしてからに。変やと思てたんや。勝手な真似はたいがいにせんと承知せえへんど」

台所に一人立って、鯵をさばいていると、竜次が声をかけてきた。

「おやつ代わりに、女の子たちにふるまって、驚かそうと隠してたのに。見つけちゃうなんて、竜次さんもずいぶん目ざといですね。念のために言っておきますけど、鯵のお代はわたしがちゃ〜んと払いますから、お気遣いなく」

「ふん。そうけ。けんど、さくらだけにええ恰好させへんで。わいも手伝うたる。代金かて、魚政に掛け合うて安うしてもろたるわ」

金を出そうと言わないところが、竜次らしい言い草だった。

「しっかり下味をつけて、塩も天つゆも要らない天ぷらにするつもりです」

「ほう、まあ、さくらのお手並み拝見ちゅうことにしたるわ」

二人してさばけば、どんどん鯵の開きができあがる。

「肝心の下味が難しいんですよね」

さくらは伊織と二人、両国広小路の屋台で食べた夢を思い出していた。

「夢の中で、伊織さまは、隠し味に生姜が使われているって言ってたけどなあ」

唇に指を当てて、小首をかしげながら思案した。

「そうや。下味に味噌をちょっとだけ使うちゅうのはどないやろか。ほんで、鰹節をまぶしてから衣をつけたらもっと美味しなると思うけどな」

心がどんどん浮き浮きし始める。

「なにをもにょもにょ言うてけつかるんや。しっかり手を動かさんかい。あほんだら」

頭の中で考えているつもりが、言葉になって漏れ出していたと気がついて、

「いえ、何でもないです」

さくらは前垂れで顔に風を送った。

天ぷらの鍋の油が軽快な音をたてる。

衣をつけた鯵を一枚一枚、丁寧にそっと入れる。

そのたびに、じゅわっ、じゅわっと良い音がした。

「どないかいな」

竜次が一枚、味見した。

はふはふ言いながら口に放り込むさまが、天ぷらの出来具合を語っていた。

さくらも一枚、口にする。

かりかりした衣、しっとりした鯵の身。

下味もしっかりついている。美味しい物を食べれば、口元が勝手にほころんだ。

だが、年季の入った、『丸天』の味にはまだまだ負けている。

(もっとひと工夫もふた工夫もして、福助さんに勝てる天ぷらを作ったろ)

夏の日の入道雲のようにもくもくと闘志がわいてきた。

「きっと皆、喜んでくれますね」

竜次に微笑みかけると、

「さくらにしては上出来やな。油の中への放り込み方、もうちょっと思い切りようせんとあかん。火加減とか色々、まだまだやけどな」

竜次が、かかかと馬鹿笑いする。

さくらは、すすっと大げさに後ずさると、

「竜次師匠どの、向後もご指導ご鞭撻のほど、よろしくお願いつかまつります」

台所の床に手をついて、馬鹿丁寧なお辞儀をした。

「おい、二人してなにをじゃれ合ってるんでえ」

振り向くと、おるいが、腰に手を当てながら突っ立っていた。

足元では狆の福丸がぴょんぴょん跳ね回っている。

「早く食わせねえか」

串に刺された天ぷらを、さくらの手から奪い取って、かぷっとかぶりついた。

「まだまだのできだな」

言いながら、心地良い、しゃきしゃきという音を立てる。

たちまち天ぷらは消え失せた。

「早えとこ、もう一本、よこせ」

おるいが急かす。

「まずいっ。もうちっと上手く揚げられねえのか」

次々お代わりをねだるおるいに、お腹をこわさないかと、心配になるさくらだった。

編集協力／小説工房シェルパ

本書は書き下ろし作品です。

よろず屋お市
深川事件帖2　親子の情

誉田龍一

敬愛する元岡っ引きの万七が不審な死を遂げ、遺されたよろず屋を継いだ養女のお市。かつて万七の取り逃した盗賊・漁火の小四郎が江戸に戻っていることを知り、お市は独り探索に乗り出す。小四郎が犯した押し込みの陰で、じつの父と母が巻き込まれていた事実に辿り着くのだが……〈人情事件帖シリーズ〉第2作。

寄り添い花火
薫と芽衣の事件帖

倉本由布

札差の娘で岡っ引きの薫と、同心の娘なのに薫の下っ引きをする芽衣はともに十五歳。ある日、芽衣が長屋の前に捨てられた赤子を見つける。ふたりで親探しを始めるが、そんな折にある札差で赤子の神隠しがあり、寝床には榎の葉が一枚残されていたという不思議が……ふたりで謎を解き明かす、清々しい友情事件帖。

戯作屋伴内捕物ばなし

稲葉一広

町娘がかまいたちに喉笛切られて死んじまった！――金と女にだらしないが、口先と頭は冴えまくる戯作屋・伴内のところには今日も怪事が持ち込まれる。空飛ぶ幽霊、産女のかどわかし、くびれ鬼による呪い死に……江戸中の怪奇を、鮮やかに解き明かしてみせる。妖の正体見たり、枯尾花！　奇妙奇天烈捕物ばなし。

著者略歴　大阪府茨木市生，吹田市在住，作家　著書『吉原美味草紙　おせっかいの長芋きんとん』

HM=Hayakawa Mystery
SF=Science Fiction
JA=Japanese Author
NV=Novel
NF=Nonfiction
FT=Fantasy

吉原《よしわら》美味《びみ》草紙《ぞうし》
懐《なつ》かしのだご汁《じる》

〈JA1451〉

二〇二〇年十月　十　日　印刷
二〇二〇年十月十五日　発行

（定価はカバーに表示してあります）

著　者　出《で》水《みず》千《ち》春《はる》
発行者　早川　浩
印刷者　矢部真太郎
発行所　株式会社　早川書房
郵便番号　一〇一‐〇〇四六
東京都千代田区神田多町二ノ二
電話　〇三‐三二五二‐三一一一
振替　〇〇一六〇‐三‐四七七九九
https://www.hayakawa-online.co.jp

乱丁・落丁本は小社制作部宛お送り下さい。送料小社負担にてお取りかえいたします。

印刷・三松堂株式会社　製本・株式会社フォーネット社

ISBN978-4-15-031451-4 C0193

本書は活字が大きく読みやすい〈トールサイズ〉です。